AINDA ASSIM TE QUERO BEM

CAIO RITER
PENÉLOPE MARTINS

ILUSTRAÇÕES
TALITA NOZOMI

Editora do Brasil

© Editora do Brasil S.A., 2021
Todos os direitos reservados
Texto © Caio Riter e Penélope Martins
Ilustrações © Talita Nozomi

Direção-geral: Vicente Tortamano Avanso

Direção editorial: Felipe Ramos Poletti
Gerência editorial: Gilsandro Vieira Sales
Edição: Paulo Fuzinelli
Assistência editorial: Aline Sá Martins
Apoio editorial: Maria Carolina Rodrigues
Supervisão de artes: Andrea Melo
Design gráfico: Paula Coelho
Capa: Luciana Facchini
Supervisão de revisão: Dora Helena Feres
Revisão: Flávia Gonçalves e Ricardo Liberal

Dados Internacionais de Catalogação na Publicação (CIP)
(Câmara Brasileira do Livro, SP, Brasil)

Riter, Caio
  Ainda assim te quero bem / Caio Riter, Penélope Martins ; ilustração Talita Nozomi. -- 2. ed. -- São Paulo : Editora do Brasil, 2021. -- (Farol)

  ISBN 978-65-5817-907-8

  1. Ficção - Literatura infantojuvenil I. Martins, Penélope. II. Nozomi, Talita. III. Título IV. Série.

21-59679   CDD-028.5

Índices para catálogo sistemático:
1. Ficção : Literatura infantojuvenil 028.5
2. Ficção : Literatura juvenil 028.5

Aline Graziele Benitez - Bibliotecária - CRB-1/3129

2ª edição / 5ª impressão, 2025
Impresso na Forma Certa Gráfica Digital

Avenida das Nações Unidas, 12901
Torre Oeste, 20º andar
São Paulo, SP – CEP: 04578-910
www.editoradobrasil.com.br

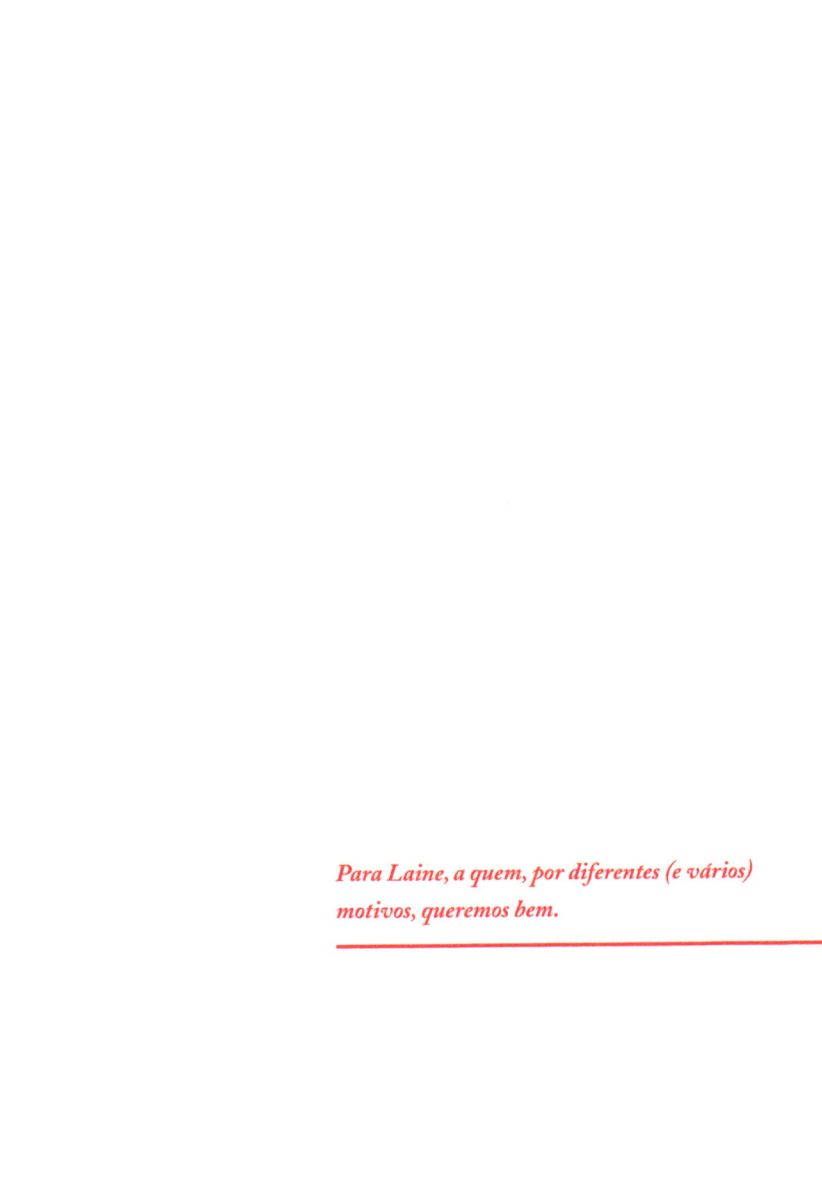

Para Laine, a quem, por diferentes (e vários) motivos, queremos bem.

`31 JAN-SEX-10:19`
Ana Lúcia

Oi, Marina. Pensei muito, mas muito mesmo, antes de te dar esse oi. É que ando com saudade. Bastante. Talvez você não esteja lembrada de mim, não sei. Ficaria muito feliz se sim.

Sou sua mãe.

`6 FEV-QUI-19:23`
Ana Lúcia

Marina, você acha mesmo que eu não mereço nenhuma resposta sua?

`7 MAR-SÁB-20:42`
Ana Lúcia

Marina, vi que você visualizou minhas mensagens. Fiquei aqui, coração apertado, esperando teu "oi". Que não veio. Não veio talvez por você estar confusa com este meu contato depois de tanto tempo. Mas saiba que, mesmo à distância, tenho acompanhado sua vida. Quer pelas redes sociais, quer por tentar estar perto, mesmo sem você saber. Não me queira mal, filha.

10 MAR-TER-12:28
Ana Lúcia

Passei a noite em claro. Sei que isso talvez não lhe interesse, pois não temos a intimidade tão costumeira e necessária entre mãe e filha. Fomos impedidas de construir isso. Mas é certo: passei essa noite em claro. Não foi a primeira nem será a última. Várias noites eu fiquei a pensar em como estaria minha filha, no que preocuparia minha filha, nas dores que minha filha sentiria, suas alegrias, seus amores. Ela foi feliz? Ela é feliz? Seu pai a trata bem? A mulher de seu pai cuida dela tão bem quanto eu desejaria cuidar? Toda mãe, creio, traz em si esses pensares. Todavia, se passei em especial essa noite em claro, Marina, foi por perceber que você visualizou meus três recados anteriores e não se sentiu chamada a escrever um "oi" que fosse. Passei a noite em claro, consultando o celular para ver se havia nele uma resposta sua, uma palavra sua, um palavrão ou xingamento qualquer. Mas nada, você só sabe ser silêncio, silêncio, silêncio. E eu que prometi a mim mesma que só escreveria outras palavras após ler as suas. Estou aqui, agora, a lhe dizer de meu sentir, de minha noite em claro, do tanto que sinto sua falta em mim. Logo você fará 15 anos, está ficando uma moça e eu perdi um tempo feliz a seu lado. Ah, Marina, não me maltrate mais com sua mudez.

11 MAR-QUA-17:52
Marina

Não sei como começar uma resposta. Aprendi a viver com um pai e uma mãe ao meu lado que cuidam de mim e que me amam. Agora tenho um irmão. Minha família são ELES. Não entendo você aparecer com esse papo de mãe como se não tivesse me abandonado quando eu tinha apenas 3 anos de vida! Uma criança de 3 anos precisa muito da mãe, você não acha? Por isso, não temos nada para falar uma à outra. Não pense que sinto raiva de você. Eu não sinto nada. Só quero viver em paz com meus pais e meu irmãozinho. EU NUNCA VOU TRAIR E ABANDONAR MINHA

FAMÍLIA. Eu conheço bem a dor de ser abandonada. Não desejo esse mal pra ninguém. Mas olha, fica bem tranquila, eu não fico mais pensando nessa traição. Não conheço sua vida e nem quero conhecer. Eu estou bem assim, longe de você. Sobrevivi ao meu passado. Sim, logo mais eu faço 15 anos, e nesse tempo todo eu passei mais de 10 anos sem uma palavra sua pra agora você aparecer me dizendo que é minha mãe. Eu não quero nada de você! Talvez eu até passe um tempo fora do país estudando e isso será ótimo porque ficarei ainda mais longe. Eu tenho sorte, tenho pais que me apoiam, fazem de tudo para que eu seja feliz. É isso. Essa sou eu e a minha vida. Queria uma resposta minha? Agora tem. SATISFEITA? Adeus.

`13 MAR-SEX-21:58`

Ana Lúcia

Ah, Marina, fiquei alguns dias acreditando em teu adeus, fiquei pensando que talvez você tenha razão e eu deva voltar ao meu silêncio. Li e reli tuas palavras muitas, muitas, muitas, várias vezes, li, li, li. E chorei, chorei sozinha no meu quarto, para que mais ninguém soubesse da minha dor, nem tua vó (tua vó Lara mora comigo), nem meu filho (você tem outro irmão além desse que acabou de nascer). Achei que essa dor era minha, só minha, já que você se despediu com uma palavra tão definitiva: adeus. Não houve um beijo, um abraço, nada de afeto, embora eu te ame muito, eu sempre tenha te amado muito, um amor à distância, você tem razão, mas... Ah, Marina, você é jovem ainda, desconhece que a vida é cheia de "mas", de "poréns". Nem sempre uma pessoa faz aquilo que ela gostaria de fazer, nem sempre uma pessoa toma uma atitude como a que eu tomei por livre e espontânea vontade. Você fala em abandono, você fala como se eu, ao ir embora, tenha te deixado na rua ou nas mãos de estranhos. Não, eu te deixei ao lado daquela pessoa que, além de mim, eu sabia ser a que mais te amava: teu pai. O Gabriel é um homem bom, e eu sabia (e sei), não tenho dúvidas, de que foi (e é) um bom pai para você. Mas te peço apenas uma coisa: não me julgue sem antes me ouvir. A gente precisa conversar, Marina. Precisamos nos olhar nos olhos, trocar ideias. Deixa eu ser, nem que seja um pouquinho só, de novo tua mãe. Por favor, deixa. Um beijo, no aguardo de que teu adeus possa não ter sido adeus.

14 MAR-SÁB-00:02
Ana Lúcia

Marina, estou no meu quarto agora, o apartamento está silencioso, teu irmão já foi dormir. Só eu não consigo fechar os olhos pensando e pensando no teu adeus. À noite, filha, antes de você ir dormir, eu sempre te contava uma historinha. Tinha as de livro e as de boca. Ah, e antes de fechar os olhos, você sempre pedia a oração do anjinho. Eu nunca fui muito religiosa, nunca. Mas sempre dizia a oração do Santo Anjo. Oração que aprendi com tua avó Lara. Você lembra da oração, filha? "Santo Anjo do Senhor, meu zeloso guardador…"

14 MAR-SÁB-08:51
Marina

Ana Lúcia, eu quis terminar nossa conversa para evitar um sofrimento maior porque eu não sou o tipo de pessoa que gosta de magoar e fazer mal para as pessoas. Diferente de você, não é mesmo? Fui criada para não odiar ninguém. Mas não posso fingir que tá tudo bem com você aparecendo na minha vida, querendo ser minha amiguinha. Não correu tudo bem comigo durante esses anos. Perdi a conta das vezes que chorei muito me sentindo um lixo, sem entender o porquê de ter sido jogada fora pela minha própria mãe. Pior, as pessoas comentando coisas, cochichando, algumas vezes me chamando de "pobre coitada", outras vezes fofocando que eu poderia ser "sangue ruim" e também abandonar meus filhos um dia. Foi isso durante a infância todinha, e só melhorou agora que me rebelei. Uma adolescente rebelde ninguém quer provocar. Você quer? Se você insistir em conversarmos, eu vou falar o que sinto vontade e o problema é seu! Não vou te chamar de mãe, isso é uma ofensa para minha mãe, porque eu tenho uma mãe e você tem que aceitar isso. A minha única mãe é a Luciana, que brincou comigo e dormiu de mãos dadas para espantar pesadelo. Você devia estar curtindo sua vida enquanto eu chorava na madrugada. Minha mãe foi corajosa, ela me defendeu que nem bicho quando a SUA prima Cecília veio visitar a gente e falou pro papai: "Coitadinha dessa menina, rejeitada pela própria mãe. Tem que ver se ela não vai ser louca que nem a Ana Lúcia, né? Essas coisas passam de mãe pra filha e vocês precisam investigar, levar em médico, viu?". Eu não tinha nem 8 anos, estava no corredor e ouvi aquilo tudo. Mas também ouvi minha mãe colocando Cecília pra fora de casa depois de brigar com ela. É isso que uma mãe faz. Defende os filhos. Agora que eu cresci, eu vejo como ela cuida do meu irmão. Felipe tem síndrome de Down, a gente sabe que a vida dele vai ser diferente da nossa. Eu farei de tudo por ele, Ana Lúcia. E vou fazer de tudo para ajudar minha mãe porque ela fez tudo por mim. Acho triste saber só hoje que eu tenho outro irmão. Pro seu outro filho eu não sou nada, e isso também é culpa sua. Você me abandonou e afastou dois irmãos. A vida é difícil, injusta, chame do que quiser, mas eu tenho quase 15 anos e já passei por poucas e boas e tenho experiência pra dizer que quem ama não abandona. Você pensou somente em você, correndo atrás de outro homem. Amor da sua vida? Paixão? E sua filha, eu era o quê? Bom, sua ex-filha, o pacote que você largou pra trás. Você foi egoísta e agora tá inventando desculpa, dizendo que sofre e que chora. Eu sei a oração do anjo da guarda, sei porque minha verdadeira mãe fazia comigo quando o pesadelo voltava. Você imagina o que eu sonhava? Você faz ideia do tempo que levei para me livrar desse sonho? Pois saiba, depois que você me procurou como fantasma, eu tive o mesmo pesadelo de novo. Só que, dessa vez, não incomodei minha mãe com meu problema, porque Felipe chora a noite inteira e ela, como sempre foi, é a mamãe que passa a noite ao lado dele, mesmo quando está exausta. Fique com sua vida, agora, Ana Lúcia, chore, desmaie de tanto gritar. Eu não criei esse problema. Foi você!! Você, sua egoísta, mesquinha, insuportavelmente má. Você arrasou com a vida do meu pai, você abandonou sua única filha, você é o monstro que me deixou na noite escura. Sorte que meu anjo da guarda me trouxe uma mãe que me ama e que cuida de mim e que ama muito o papai. Não me procure mais. Se você insistir em falar comigo por aqui, porque pessoalmente eu não vou, saiba que NÃO MEDIREI MINHAS PALAVRAS. DANE-SE! E para de uma vez de me chamar de filha, Ana Lúcia, e dizer que é minha mãe. Coisa mais chata! Pra você eu sou Marina e ponto.

Outra coisa, você falou da minha avó. Estranho, ela também me abandonou depois que você nos deixou. Nunca me procurou. Vergonha? Deve ser a genética que sua prima Cecília tentou jogar pra mim. Pois saiba que eu não tenho essa genética. Eu me recuso!

`14 MAR-SÁB-12:48`
Ana Lúcia
Ah, Marina, quanta dor!

`14 MAR-SÁB-12:53`
Marina
Sim, muita. O que você esperava? Desaparecer, largar sua filha, depois voltar como se nada tivesse acontecido? Saiba que só você poderia ter evitado tudo isso. Aliás, foi por isso que eu disse aquele primeiro adeus. Mas você quer curtir com a minha cara remexendo nas minhas piores feridas. Eu não sou mais criança, Ana Lúcia, vê se enxerga! Eu já tenho minhas responsabilidades também, eu tenho uma família que confia em mim e não quero ficar de papo com quem não vale a pena. De novo, adeus. Adeus, adeus, adeus.

`15 MAR-DOM-05:25`
Ana Lúcia
Hoje o dia amanheceu nublado, Marina. Tá tudo cinza lá fora, um cinza que me contamina por dentro. Li e reli tuas palavras, também fui adolescente e também fui revoltada. Teu avô, meu pai, que você não chegou a

conhecer, adorava dizer que eu era uma rebelde sem causa. Mal sabia ele de minhas causas, mal sabia ele que uma das minhas causas era ele próprio, que bebia, bebia, bebia. Que tinha poucas palavras para entender o que ia por dentro daquela menina que ele xingava e acusava para minha mãe de ser muito metida a besta. Pois a menina metida a besta era a filha dele. A filha. Quando teu avô faleceu, você tinha apenas 1 aninho, não entendia nada das dores do viver e do quanto a vida é feita de perdas e de ganhos. Por vezes, para tentar ser feliz a gente tem que fazer algumas escolhas e nem sempre elas serão legais para todos que estão à volta. Cada um só pode olhar a realidade com seus próprios olhos. Há vezes, claro, em que outros nos oferecem os binóculos, aí ficamos presos a um olhar apenas e não somos capazes de ser empáticos, como eu tento, agora, ser com você. Não te chamarei mais de filha até o momento que tiver tua permissão para isso. Não te preocupes. Também não te procurarei para uma conversa olho no olho a não ser que você sinta necessidade disso. Mas te peço que possamos, vez ou outra, trocar algumas palavras por aqui (não precisam ser muitas), quem sabe numa tentativa de que, mesmo que nunca mais possamos ser mãe e filha, possamos pelo menos compreender melhor uma à outra. Eu sei onde você estuda, sei quem são teus melhores amigos, sei da tua felicidade aos 8 anos quando ganhou uma bicicleta vermelha e logo, logo aprendeu a pedalar. Quem te presenteou com essa bicicleta foi tua vó Lara, e ela fez isso a meu pedido. Assim, não pense que ela te abandonou. Minha mãe tentou ser presente, mas teu pai não via isso com bons olhos, achou que se vó Lara estivesse por perto, você poderia ficar querendo saber de mim. Aí, sei lá o que foi ocorrendo, que minha mãe pouco dividiu comigo, mas ela foi sentindo, até mesmo de tua parte, que não era bem-vinda. Mas, como eu, ela sempre esteve te acompanhando à distância. Em tua primeira comunhão, nós duas estávamos lá na última fileira de bancos da igreja. Ninguém nos viu, mas eu tirei uma foto tua, muito compenetrada, foto que guardo até hoje no teu álbum de fotos. Na tua formatura no Ensino Fundamental, eu estava lá também. Me emocionei quando você entrou ao som dos Beatles e quando a diretora disse que você havia sido escolhida a melhor aluna, não só por notas mas também por ser solidária e afetiva. Ah, Marina, me emocionei demais. Tive que apertar firme a mão de tua vó Lara para não ir correndo e te dar um abraço.

E se falo isso tudo, é apenas para que saiba que você jamais foi abandonada. Jamais. Houve muitos impedimentos para que eu pudesse ser mais próxima, muitos. E a vida vai andando, vai correndo, os caminhos vão se estendendo. Sinto tua falta, é certo. Sempre senti. Isso você não poderá condenar em mim. Saiba que te entendo, juro, te entendo. Não gostaria de estar em teu lugar, mas também não gostaria de estar no meu. Tua vó Lara sempre me anima, me dá esperanças de que um dia tudo isso vai passar e você poderá conhecer teu outro irmão, ser parceira dele, ajudá-lo em suas dúvidas adolescentes. O Mateus tem 10 anos. É um guri muito bacana, estudioso como você, tem os teus mesmos olhos: escuros, de cílios longos. Aliás, demorei em responder tuas palavras por ter ficado bastante abalada com elas, bastante, e também porque o Mateus ter andado meio adoentado. Anda com uma tosse insistente, levei-o ao médico, mas ainda não descobriram nada. Parece que está tudo bem. E eu espero que esteja mesmo. Uma doença num filho é o maior mal para uma mãe. Meu beijo, Marina. E oxalá o cinza deste dia acabe e o sol nos receba logo.

15 MAR-DOM-08:34
Ana Lúcia

Marina, o dia não clareou ainda. Sabe, fiquei aqui pensando em ti e no Mateus. Vocês são irmãos. Você nunca o viu; ele só te conhece por fotos. Triste, né? Sei que tenho minha responsabilidade nisso, não quero me eximir de minhas culpas, como você pode estar pensando. Não sou a mocinha dessa história, mas também não sou a vilã. Sou apenas uma mulher. Mulher que ama seus filhos e que adoraria que eles pudessem construir uma amizade, que pudessem recuperar o tempo que lhes foi roubado, tempo de serem irmãos.

`20 MAR-SEX-08:34`

Ana Lúcia

Marina, sigo esperando tua resposta. Se te magoei, se te pressionei, não foi minha intenção.

`22 MAR-DOM-18:00`

Marina

Ana Lúcia, eu sei que você não é a mocinha da história. Mas também parece que você não vê que eu e o Mateus tivemos uma vida roubada por você, por causa de sua escolha. Eu não conheci seu amor, e até agora nem sabia que tinha um irmão. Pense nisso. Se alguma coisa aconteceu para você agir assim, eu quero saber, mas não consigo deixar de pensar que a culpa é sua. O pior, agora, é você voltando para querer falar comigo como se NADA no passado pudesse ser diferente, como se você não pudesse ter feito diferente. Sabe, você traz o passado que me machuca e me dá um presente que eu não tenho como mudar, não posso nem conviver com todas as pessoas que são "minha família". Você está me tratando mal, Ana Lúcia, desde que decidiu me deixar sem mãe.

`23 MAR-SEG-11:45`

Marina

Bom dia, Ana Lúcia. Passei o final de semana relendo essas mensagens (as minhas e as suas) e pensando um monte de coisas. E nem sei se devia perder meu tempo contigo. Mas vá lá. Vou tentar explicar bem explicadinho pra ver se você entende de uma vez por todas como eu me sinto. E aproveita que hoje eu tô a fim de papo.

Primeiro, quero dizer que eu sou uma pessoa feliz com minha vida, apesar de tudo. Não tenho ódio de você nem de ninguém. Eu senti raiva quando você me escreveu me chamando de filha. Não vou mentir. Sinto raiva por querer me afastar agora dessa conversa e não conseguir, porque eu também quero saber quais foram seus motivos. Fui educada ouvindo coisas sobre perdão, acho que isso foi bacana até, mas eu não posso perdoar você simplesmente porque decidiu me procurar. Algumas cicatrizes são profundas. Não acho possível a gente voltar a se falar como você quer, com essa naturalidade toda, como se a gente tivesse dado um tempo na relação e daí, beleza, vida que segue. Não quero ser grossa nem estúpida, por isso você não deve forçar a barra me chamando de filha e se fazendo de vítima.

Vou explicar um pouco mais disso, se você quiser saber (espero que esteja mesmo interessada), mas basta reler o que você já me escreveu para entender: "Eu estive na sua primeira comunhão, eu estive na sua formatura, sua avó Lara achou que você não queria contato e se afastou", outras desculpas etc. Pense bem, eu não tive escolha aos 3 anos. Você tomou uma decisão e se foi. Certa ou errada, não importa. Eu não participei disso e nem poderia. Eu tinha 3 anos. Fiquei com meu pai, doente, perguntando por minha mãe. Senti as dores do abandono materno desde cedo. Por sorte, papai percebeu que tinha que ser mais forte do que a dor, continuou me levando ao parquinho para brincar, algumas vezes para a praia. Foi assim, brincando comigo sozinho, que ele conheceu minha mãe. Ela estava com os sobrinhos no parquinho e nos juntamos num piquenique. Eu já tinha quase 5 anos. Ou seja, meu pai passou um bom tempo sozinho e teve que responder, cada vez que eu perguntava da mãe, que ela sumiu, não morreu. Aos poucos, minha memória foi se apagando, acho. Eu era muito pequena... Meu pai nunca falou mal de você, mas tivemos várias conversas francas depois que me tornei adolescente. Ele me contou sobre o seu romance com o melhor amigo dele e... Ele se sentiu duplamente traído. Eu entendo o que ele sentiu, além da vergonha.

Eu tô bem falante hoje. E chateada de ter que te dizer tudo isso: Você não acha que uma mãe deveria saber a vida da filha sem que ela tivesse que explicar tudinho?

Então, mudamos para São Paulo. Longe do Rio Grande do Sul, eu tive que aprender a ser uma menina paulista. A vida aqui é muito diferente de Porto Alegre, a começar pelo frio. E quando eu visito o vô Clemente, pai do pai, agora que minha vozinha Tiana morreu (sim, você deve saber disso, foi duro pra mim), eu sinto que a melhor coisa que meu pai fez por mim foi me levar pra longe dessa história toda. Acredita que até no velório da minha avó, a Milena (sabe quem é?), filha da dona Antônia, que morava na casa de aluguel da minha avó, veio me dizer assim: "Nossa, guria, tua vida é sofrida, hein? Abandonada pela mãe que fugiu com amante, um irmão retardado e agora sua avó morre de câncer na cabeça". Nessas horas eu vejo que não consigo ser uma pessoa ruim. Eu só pedi licença e deixei ela pra trás. Queria ser menos tonta, fechar a mão e dar na cara dela, mas não consigo ser assim. Felipe, meu irmãozinho, não é isso que Milena falou. Milena devia mastigar sabão pra limpar a boca, era isso que a vó Tiana falava quando alguém dizia palavrão ou bobagem. Felipe demorou muito pra nascer, minha mãe queria que fosse parto natural, mas não deu. Tiveram que operar, ela sangrou muito e teve que receber transfusão. Eles tiraram o útero na cirurgia, ela não poderá mais engravidar. Depois do hospital, mamãe teve um período de depressão... e todos nós ficamos torcendo pra ela se encorajar e sair logo da cama. Ela não queria nem tomar banho. Agora, eu acho que superamos juntos. Estamos mais tranquilos, apesar da adaptação com o Lipe.

Aqui em São Paulo, eu estudo no colégio em que minha mãe trabalhava como coordenadora. Ela é muito inteligente, formada em Letras pela USP, adora ler e me ensinou a gostar muito dos livros. Ela achou melhor parar de trabalhar no colégio durante um tempo, mas a direção vive pedindo que ela volte. Quando mamãe estava de cama, Felipe recém-nascido, a gente lia juntas (mais eu que lia pra ela) as aventuras do livro *As mil e uma noites*.

Ela chorava quando eu dizia ser a própria Sherazade, inventando histórias para salvar a vida dela. Acho que serei escritora.

Você também gosta de ler? Bom, eu me perdi nessa resposta, desculpa. Tudo isso para dizer que podemos continuar conversando, sim, mas principalmente porque eu preciso completar peças que faltam dentro de mim, da minha história, e porque tenho o direito de ter amizade com meu irmão (se ele também quiser). Mas, olha, eu continuarei sendo honesta. Por favor, diga para sua mãe, minha avó Lara, que eu não me recordo dela. Da bicicleta, sim. Mas eu nunca perguntei ao pai quem foi que me deu. Acho que deduzi ter sido ele. Tenho fotos com a *bike*, posso mostrar um dia. Acho que por enquanto é isso.

E para o meu irmão, seu filhinho, quero que ele fique bem. Que sorte ele tem de ter uma mãe que se importa com ele e que está ao lado dele para o que der e vier.

`23 MAR-SEG-16:54`

Ana Lúcia

Marina querida, não te peço nada mais do que isso que você me oferece: palavras honestas. Durante tanto tempo ficamos impedidas de trocar ideias, de saber uma da outra, de partilhar tudo o que nos vai por dentro. Olha, você se engana pensando que ainda vivo em Porto Alegre. Se assim fosse, como eu poderia ter assistido à tua comunhão, tua formatura? Como tua vó Lara (que mora comigo) poderia ter tentado ser presente, ter te dado a bicicleta vermelha que teu pai não revelou ser presente dela? Hoje moramos em São Paulo. Hoje e há muito. Quando teu pai se mudou contigo, eu entrei em crise. Recorri a remédios, até a álcool. Mas a certeza de que não queria ser para os outros o que meu pai foi para mim fez com que eu buscasse ajuda psicológica, e aí tudo se revelou: eu precisava estar perto de ti. Assim, acho que mais ou menos um ano depois que vocês vieram pra SP, eu e minha família, mais a vó Lara, viemos também. Moramos na Vila Madalena, num apartamento pequeno, mas confortável. Ele é térreo, tem um pequeno pátio onde por vezes me distraio plantando algumas verduras e ervas. Sou arquiteta, tenho uma pequena empresa, que dividia com meu companheiro até a morte dele. Hoje tenho uma sócia, a Gil, ela é amiga das boas, conheci aqui em São Paulo, amizade daquelas que parecem vir do berço, sabe? Bastou a gente se ver para se gostar, para sermos parceiras. Ela e tua vó foram muito importantes para eu segurar a barra de ficar viúva tão logo cheguei a esta cidade tão grande. Eu e Lucas montamos a sociedade, estávamos buscando e ampliando o número de clientes quando a tragédia se abateu sobre a gente. Foi triste demais. A vida por vezes é triste demais. O Mateus tinha 5 anos. Ficou sem pai. E eles eram bem apegados. Mas, como te disse, a vida apresenta esses acidentes ruins. Porém, também há os bons. Eu ter podido viver com o Lucas, eu ter conhecido a Gil, eu poder ser mãe do Mateus e tentar sentir nele o que fui impedida de viver contigo. Olha, quando a Milena ou qualquer outra pessoa diz que te abandonei e fugi com um amante, ela quer apenas exercer a maldade. Só isso. Quer atacar mais a mim do que a você. A sociedade jamais permitirá que uma mulher, sobretudo se for mãe, escolha viver a beleza de um amor. O Lucas e teu pai eram amigos, isso é verdade. Ele estava sempre com a gente. E um dia, eu me percebi apaixonada. Não menti para o teu pai, fui franca, honesta, assim como você pretende ser comigo. Disse do meu amor e do desejo de não ficar presa num casamento. Ele sofreu, dizia me amar muito. E eu acredito que amava. Todavia, impôs uma condição: que eu fosse embora sem olhar para trás, que eu não me aproximasse mais da nossa casa, da nossa filha. Eu era jovem, muito jovem. Eu e seu pai fomos os primeiros namorados um do outro. Quando fiquei grávida de você, nem pensamos duas vezes. Casamos. Fomos felizes. Por um tempo, fomos felizes. Querida, o Mateus me chama. A tosse segue, hoje ele amanheceu febril. Quando falei que você perguntou por ele, ele sorriu e disse que está te mandando um beijo. Vó Lara também. Beijo meu. Ah, e quanto a tudo sobre tua história que você me contou na mensagem anterior, muito eu já sabia, pois busco estar por perto daquilo que acontece contigo.

23 MAR-SEG-18:45
Ana Lúcia

Acabei tendo de trazer o Mateus ao médico. A febre não estava cedendo. Ele pediu mais alguns exames. Estou aguardando que nos chamem. O Mateus também curte ler. Está lendo *Os três mosqueteiros*. Gosta dos clássicos. Ah, uma pergunta: Você ainda tem a Maria Augusta? Foi a primeira boneca que eu e teu pai te compramos. Você só dormia abraçada nela. Beijo, Marina. Durma bem.

23 MAR-SEG-20:09
Marina

Oi. Eu sei que já apareceu que eu li suas mensagens, mas hoje meu dia foi muito cansativo e eu não tenho cabeça para mais nada. Além disso, prefiro escrever mais tarde, com calma, e quando todos da casa estiverem dormindo. Não contei para os meus pais sobre esse nosso contato, e nem sei como eles vão reagir. Estou preocupada com isso, mas acho que precisamos esclarecer alguma coisa dessa história toda. Escrevo depois.

Se eu não escrever, é porque fui dormir. Estou #mortadecansaço.

24 MAR-TER-13:51
Marina

Cara... a minha vida de irmã mais velha tá bem puxada!

Puxa, desculpa, eu escrevi como quem conversa com uma mana da escola, dei "enter" e depois me toquei... Desculpa o jeito que falei, Ana Lúcia (ai, que vergonha!). É que meu irmão tem dado muito trabalho, chora sem parar e ninguém dorme direito. A pediatra recomendou uma terapia pros meus pais se aliviarem e aprenderem a cuidar melhor do Lipe. Eles estão supercansados e meio tristes, embora finjam que não. Acho que ninguém se prepara para ter um filho com alguma dificuldade, né? Eu penso que é isso. Se acontecer alguma coisa com os meus pais, terei que ser a responsável pelo Felipe. É pesado imaginar uma coisa dessas quando se tem só 15 anos. Eu tenho me informado sobre o assunto e descobri muita gente que vive a vida numa boa com a síndrome. Você conhece alguém? Até na semana passada foi uma moça contar histórias lá no clube para as crianças. Ela deu um *show*! E todo mundo ficou de boca aberta, porque a moça tem a síndrome. Eu acabei vendo sem querer, estava com a turma da natação. Fiquei imaginando o Lipe, como vai ser quando ele crescer. Os meus amigos me abraçaram porque sacaram que eu me emocionei.

Sei lá, falei disso aqui porque você tem um filho e ele ficar doente deve ser terrível para dar conta. Eu também fico aqui preocupada com ele. E preocupada com o Lipe. Puxa... Não sei se você me entende, mas acho que estamos todos num período bem (mega) difícil!

Tirando isso, queria voltar ao assunto do meu pai. A gente não se conhece, sabe, e você trouxe uma história esquisita com meu pai que eu ainda vou entender melhor, eu quero entender tudo. Mas acho importante dizer que meu pai é um homem muito carinhoso e cuidadoso comigo, com a gente. Ele sempre cuidou de mim tentando me proteger de sofrer. Talvez ele tenha exagerado. Acho que no nosso caso, eu e você, ele talvez tenha exagerado. Não sei, comecei a pensar nisso esses dias. Comecei a pensar que cada um tem uma versão da história e que uma só verdade não existe. Vou explicar. Não estou me sentindo confortável em falarmos. Fico mexida. Tem hora que eu quero gritar com você. Tem hora que leio e releio suas mensagens e acho que você força a barra e quer se passar de boazinha, de vítima. Tem hora que eu só consigo pensar que você me deixou para trás... Ao mesmo tempo, não consigo não falar com você. Pode ser que eu quebre a cara e acabe magoada, mas resolvi manter nossa conversa até que eu saiba o que eu preciso saber. Ainda nem sei direito o que é, mas não posso ter uma versão só do que aconteceu. A família do pai tem várias pessoas legais, mas muita gente fala por trás de mim e dele. Tipo de comentário que você deve imaginar, a coitada da menina filha de vagabunda. E eu, muito embora tenha raiva do abandono, sempre briguei contra isso. O pai, também, viu? Mas nem vale a pena comentar. Deixa pra lá. Tanta coisa tá acontecendo agora que o passado mudou de sentido. Não consigo só pensar em mim. Tenho uma avó, tenho dois irmãos. Tem gente nesse rolo que está sofrendo sem ter feito nada. E tem gente que não precisa sofrer mais.

Eu não entendi por que você se mudou pra São Paulo. Quando você me disse que foi na formatura e tal, eu fiquei meio achando que era verdade, meio pensando que era mentira. Não sei. Não confio em tudo que você escreve. E, repito, não me sinto sua amiga. Desculpa, mas meus sentimentos por você não são os melhores. No entanto, saber que eu tenho uma avó, de quem eu não me lembro bem, também me fez pensar que ela não teve nada com seu romance e com a separação. Ela não tem culpa de nada, nem o Mateus. Não foi a gente que inventou essa história. A gente só ficou no prejuízo. Por isso tudo, vou continuar falando com você.

A bicicleta vermelha está no depósito da garagem. Acredita? Acho que o pai esqueceu de doar, como fazemos sempre. Mas agora eu pedi que ele guardasse, inventei que era pro Lipe. Tá toda enferrujada. Todo dia dou uma espiada. Vou comprar alguma coisa pra limpar. E nessas de olhar o depósito, encontrei uma caixa de papelão toda empoeirada na prateleira do alto. Umas cartas antigas que você escreveu pro meu pai, uns cartões de aniversário, coisas do tempo que vocês namoravam, e uma medalha escrita "*Agnus Dei*" num cordão de ouro. Achei esquisito encontrar uma joia no meio de papéis. Lembrei de fotografias minhas quando criança usando uma correntinha de ouro. Daí fui perguntar pro pai e ele desconversou. Eu insisti. Ele respondeu gritando, como nunca fez comigo: "Era da sua mãe, da Ana Lúcia, tá feliz, agora?". E saiu batendo porta. Depois ele pediu desculpas, acabou me contando que a medalha tinha sido presente da sua avó, minha bisa, e que ele não lembrava o nome dela, só que era portuguesa ou espanhola, sei lá. Você me conta disso?

Fui conferir nas minhas fotografias, e eu estava certa. Quando eu era pequena, estava sempre com ela no pescoço. A correntinha não serve mais, claro. Guardei na minha caixinha de favoritos.

Meu pai ficou tão bravo que eu entendi na hora por que ele largou a correntinha naquela caixa velha, com as cartas. Só é estranho ele não ter jogado fora. Isso me deixa meio triste. Bom, vou parar por aqui.

Hoje eu vou sair pra nadar. Tem feito muito calor. Além disso, eu estou na turma da natação do clube #braçadasradicais. Dá uma olhada nas fotos com essa #.

Por favor, diga pro Mateus que eu quero que ele melhore. Penso nisso todo instante. E diga pra minha avó, Lara, que eu queria saber as histórias dela. É isso. Um abraço, Ana Lúcia.

P.S.: Arquitetura deve ser muito legal. Eu ainda não sei o que vou estudar na faculdade. Mas tenho ideias.

P.S. 2: Reli minha mensagem e vi que faltou um monte de explicação. Bem que minha mãe fala que eu começo o assunto e não termino, já falo de outra coisa. Sou muito elétrica, sabe? E tem muita coisa na minha vida que você não sabe e nem eu da sua. A sua mudança pra São Paulo, não foi por minha causa, foi? Se foi, por que só agora me procurou? Isso eu não entendo. Juro. Acho que nunca vou entender. Que droga, Ana Lúcia!

P.S. 3: Diga pro Mateus que, se ele gosta de história com cavaleiros honrados e destemidos, é bom ele se preparar para ler *Rei Artur e os cavaleiros da Távola Redonda*. Quem sabe Excalibur não se rende aos encantos do Mateus e sai da pedra para vencer o mal, bem no meio da página do livro? É o que mais quero.

25 MAR-QUA-07:56
Ana Lúcia

Bom dia, Marina. Essa noite foi de insônia. Tanto por ter acompanhado o Mateus (a febre custou a ceder) quanto pelos trovões horríveis e pelo vento.

Havia horas que o prédio até parecia balançar. O temporal foi horrível, não? Eu dificilmente tenho medo. Tua vó Lara sempre me mostrou a chuva e os raios como um espetáculo da natureza, algo que eu também repeti contigo. Quando chovia, nós íamos para a janela olhar a beleza da fúria da natureza. Você se abraçava a mim, um pouco receosa, mas totalmente apaixonada pela água que caía, pelas nuvens que se moviam rapidamente enchendo o céu de diferentes tons acinzentados. Todavia, essa noite eu temi um pouco. Não sei direito o motivo, mas temi. Me senti insegura, como se nada mais dependesse apenas do meu desejo ou da minha vontade. Quando eu era adolescente, jovem, sempre me julguei dona das minhas vontades, das minhas verdades. Acho que por isso não relutei em terminar meu casamento e seguir o Lucas, que estava envolvido em um mestrado-sanduíche. Ficaria um ano em Lisboa. Eu estava apaixonada como nunca estive. O Lucas era tranquilidade, paz, tudo sempre foi muito intenso com ele. Eu tentei te levar junto para Portugal, mas teu pai não permitiu. E eu dependia da autorização dele. Foi duro me afastar de ti, foi triste. Mas eu me deixei tomar pela ideia de que, ao retornar, tudo voltaria ao normal. Um ano passa rápido, eu pensava. Sabe, Marina, assim como você, sempre que leio e releio tuas palavras, busco te entender e também me entender nelas. Não sou esse anjo, essa mulher vítima que você lê no que escrevo. Apenas tento te apresentar a minha verdade. A minha. Hoje, com quase 40 anos, aprendi que a verdade é um espelho multifacetado, tem diferentes perspectivas. Repito: fui egoísta, era jovem e apaixonada. Te deixei com teu pai, mas minha ideia era te ter comigo de novo. Busquei me reaproximar, mas logo depois de meu retorno de Lisboa você e teu pai se mudaram aqui para São Paulo. Isso me pegou de surpresa, entendi que teu pai fugia de mim, te afastava de mim. E minha vida começava a se organizar em Porto Alegre. Assim, só depois de uns dois anos e meio, mais ou menos, conseguimos nos mudar para SP também. Aí não te procurei mais, não abertamente, pois temia nova fuga de vocês. Fiquei te amando pelas beiradas, me contentando com o pouco que podia ter de ti. Foi assim, tudo na sombra, tudo às escondidas. Houve uma vez até que não me contive e me aproximei de ti, te perguntei as horas e se o ônibus pra Vila Madalena passava ali. Você estava em frente à escola com duas amigas. Vocês sorriram. E aí você disse, meio surpresa: "Não, você tá meio perdida", e me deu as informações que eu já sabia. Ficamos nos olhando um tempo. Eu disse: "Obrigada, você é muito gentil". Claro que você não deve lembrar, foi há uns três anos, a memória não guarda esses eventos cotidianos, desimportantes, eu era para você e suas amigas apenas uma mulher qualquer perdida na Grande São Paulo.

Ando preocupada com teu irmão. Ontem, os exames revelaram uma pequena mancha no pulmão direito. O médico aventou a possibilidade de ser uma pneumonia, receitou antibióticos; a febre cedeu na madrugada, mas o Mateus segue com tosse. Eu dei seu recado a ele, ele sorriu e me perguntou quando poderia te conhecer, quando você nos visitaria. Eu disse que um dia, um dia. Sei que menti a ele, sei que você não tem essa intenção, e se te falo isso, creia, não há nenhum desejo de te pressionar a nada. Só ter tuas palavras aqui, esperar por elas já é causa de felicidade. Ah, e não conte a teu pai ou à Luciana sobre essas nossas conversas, pelo menos não agora. Talvez eles não entendessem, desgostassem, não quero ser motivo para quebrar a perfeita harmonia em que vocês vivem. E teu irmão Felipe, anda mais tranquilo? A Gil, minha sócia (já te falei dela, não?), tem um irmão com a síndrome do cromossomo XXI (ela me disse que é assim que chamam agora quem tem Down). Sabe, ele é um garoto muito tranquilo, afetivo, um amor. Tem 18 anos, está cursando Teatro. É um artista nato. Ter a síndrome não impede que se viva uma vida normal, não. Claro que o preconceito ainda é forte demais em relação a tudo o que é diferente. Veja nós duas: uma filha abandonada, uma mãe abandonadora. Sofremos o preconceito de uma sociedade que não pune pais abandonadores, basta que paguem a pensão. Já a nós, mulheres, não há perdão algum caso não cumpramos o que a sociedade nos impõe. Bem, acho que escrevi demais. Aí você cansa e nem me lê. Brincadeira. Bom poder ser mais leve contigo, Marina. A propósito, você não me respondeu se a Maria Augusta segue contigo. Em anexo, te mando uma foto do Mateus. Tirei agora. Esse sorriso é para ti, ele disse. O livro é *Os três mosqueteiros*: "Um por todos, todos por um". E eu adorei sua sugestão, comprei *Rei Artur*, e os cavaleiros já estão fazendo companhia para o Mateus. Logo ele deve iniciar a leitura. É um devorador de livros, o moço. Beijo.

Ah, andei visitando o álbum dos nadadores radicais: #braçadasradicais. Acho nadar um esporte lindo. Aliás, é o único a que assisto as competições.

25 MAR-QUA-09:13
Ana Lúcia

Ah, Marina, acabei me esquecendo de te contar (pelo menos o que sei) sobre a correntinha com a medalha *Agnus Dei*. Minha mãe conta que minha avó era espanhola, e que veio para o Brasil muito pequena. Chamava-se Mercedes. Quando ela nasceu, o pai dela, que era joalheiro, fundiu ele mesmo a tal medalhinha. E dizem que ela sempre a carregava no pescoço, sempre e sempre. Dizia que o Cordeiro de Deus a protegeria de todos os males, era uma mulher espiritualizada. Embora temente a Deus, não temia a sociedade machista. Diz minha mãe que ela foi uma sufragista aqui no Brasil, que por vezes saía às ruas sozinha, meio João Batista clamando no deserto, com cartazes que insuflavam as mulheres a não serem submissas aos maridos e aos desmandos masculinos. Tenho uma foto dela, uma única foto. Minha mãe disse que isso era pouco comentado na família, Mercedes era pessoa não muito benquista. Muitas mulheres da família não a deixavam se aproximar das meninas, temiam que ela as pudesse contaminar. Vovó só ria. Dizia: "Ah, se as mulheres soubessem de sua força...". Acredita que, aos 60 anos, ela resolveu retornar para a Espanha? "Quero morrer onde nasci", ela dizia. E foi, sozinha. Enviou algumas cartas dizendo que logo informaria seu endereço fixo. Depois, só silêncio. Sua história é quase uma lenda em nossa família. Sabe, tem vezes que eu acho que eu sou um pouquinho a minha vó Mercedes. Há tantas coisas que me incomodam...

25 MAR-QUA-11:56
Marina

Bom dia, Ana Lúcia, que bom que você me escreveu essas coisas. Parece que a gente tem muito assunto para conversar. Às vezes nem sei por onde começar a resposta, mas é natural, né? Muitos anos se passaram desde que você me conhecia de perto. E eu, infelizmente, não tenho muitas lembranças para confirmar algumas coisas. Acho que vamos ter que descobrir juntas. Olha só, eu falei de Excalibur, mas não terminei de falar sobre os mosqueteiros. Que pessoinha esse meu irmão Mateus! Nossa! Como ele se parece comigo pequena! Fiquei "de cara" com a fotografia. Não sei se ele vai gostar de mim quando me conhecer, mas eu já gosto dele. Hehehe. Sabe, eu sou muito leitora e gosto de saber que tenho isso em comum com meu irmão. Isso garante boa chance de fazer amizade, não acha? Ainda mais com Alexandre Dumas de padrinho. Uau! Seria daquelas "supercoincidências" do destino?

Tenho loucura por histórias de aventura. *Os três mosqueteiros* é um dos meus livros de época favoritos. Quer uma prova? O nome da minha gata é Milady. Vou mandar uma fotografia dela comigo no sofá.

Eu queria muito ter mais gatos só para dar a eles nomes dos personagens dos livros. Será que meu pai me mataria se eu trouxesse outros gatinhos da rua? Eu trouxe Milady de uma caçamba, ela estava toda machucada, tinha a pata quebrada, mas aceitou que eu a pegasse no colo sem fazer um barulhinho (só miava manso, com muita dor, estava fraca, desnutrida). Depois de algum tempo engessada, tomando remédios e vitaminas, foi se tornando uma gata muito esperta e dona de si. Passou até a escalar a estante de livros (não sei como ela faz isso). Tem uma almofada lá no alto da estante que eu coloquei só para ela dormir perto do teto.

Meu pai não entendeu nada quando eu acordei hoje, isso aconteceu depois de ler sua mensagem, e corri a procurar Milady para rebatizá-la. A partir de agora, Milady, que é apenas um pronome de tratamento, ganhou um nome de verdade: Dona Mercedes. Todo mundo da casa gostou, inclusive papai. Acho que ele não lembra de onde vem essa espanholice. Dei um olé no meu pai, hehehehe. Gostei de saber que tenho sangue quente nas minhas veias.

O que mais gosto das histórias medievais é pensar que as mulheres chamadas de bruxas eram estudiosas, conheciam formas de resolver problemas que outras pessoas não sabiam. O conhecimento sempre causou espanto. Bruxaria. Foi por isso que muita gente não queria Mercedes por perto, mas eu adoraria ter minha bisavó ao meu lado. Ela deve ter sido incrível.

Voltando aos livros: Gosto muito de ler clássicos, não quero ser somente um rostinho bonito, hehehehe (olha ela se achando!). Mas, de um tempo pra cá, procuro livros escritos por mulheres e fico perguntando para todo mundo se já repararam que muitos mais nomes de escritores homens são ensinados na escola, na desproporção total de nomes de mulheres. É, sou bisneta da Mercedes, feminista desde criancinha.

Aqui em casa, minha mãe não gosta muito de algumas ideias feministas e sempre me chama a atenção dizendo que não posso ser radical. Acho que ela é mais conservadora, tem dificuldade de romper certos estereótipos, como achar bonito mulher de sapato de salto fino – o que eu acho um verdadeiro horror. Papai sempre me apoia, mesmo discordando, mas eu acho que é mania dele de ficar sempre do meu lado, e isso já não me parece tão bom. Ele me mima, mas queria que ele me escutasse de verdade. Tenho medo de brigar com ele, medo de que me deixe de lado. Fico pensando quando ele descobrir nosso segredo.

Ah, voltando ao Mateus, o pulmão, eu também tive pneumonia, aos 10 anos. Demorou para eles perceberem algo de errado comigo, porque não tinha febre, só uma tosse fraca e desânimo. Quando fomos ao médico, tive que tomar injeção por uma semana. Doeu, fiquei sem sair da cama, mas passou.

O Mateus precisa descansar que ele vai ficar ótimo! Diga que eu disse para ele comer bem, e peça que mande fotos dele com mais livros que gosta de ler. Um dia vamos ler juntos.

Você contou para a minha avó Lara da minha última resposta? Estou pensando em encontrar com ela mais pra frente, se você não se importar. Digo isso porque ainda não me sinto com vontade de encontrar você e não quero alimentar esperanças no Mateus...

Ah, a boneca, Maria Augusta, estava no depósito da garagem, também. Dentro de um saco plástico, com a roupa embolorada. Nossa!!!! Eu tinha esquecido que ela estava lá. Falei da medalha *Agnus Dei*, lembra? Maria Augusta ganhou um banho com muito cuidado, limpei os cabelos dela, as roupinhas, os sapatinhos. Agora ela está na prateleira de cima da minha escrivaninha. Papai me perguntou se ando saudosista... Ele ficou diferente quando entrou no quarto e viu Maria Augusta na prateleira. Ainda bem que ele nem reparou que eu coloquei a medalhinha nela. Tomara que eu não esteja levantando suspeitas, mas acho que estou diferente com tudo isso que aconteceu nas nossas conversas.

Ando mais pensativa do que nunca. Muitas vezes meu olhar se enche de nuvens. Bom, hoje eu não vou falar do Felipe. Aquele danadinho foi passar uns dias em Porto Alegre. Minha mãe anda muito cansada e a minha vó vai cuidar dela e do maninho. E pra nós também será bom ficar com o silêncio. Dormir a noite toda. Acho que nunca vou querer ter filhos. Isso tudo parece muito complicado. Mesmo!

Desculpa se falei, opa, escrevi demais. Ah, nem falei do lance no ponto de ônibus. Eu não me lembro de você pedir informações, porque eu sou a #centraldeinformações, assim que minhas amigas me chamam. Parece que todo mundo em São Paulo gosta de perguntar coisas da cidade pra mim. Devo ter cara de confiável. Isso é bom. Mas queria ter reconhecido você de alguma forma. Queria me lembrar agora de um momento nosso, juntas.

Abraço, *hasta la vista*.

25 MAR-QUA-14:03
Ana Lúcia

Ah, Marina, perdão. Escrevi tanto e tanto, só pensando em mim (ah, essa minha verve egoísta!) que acabei esquecendo de te falar que a vó Lara amou saber que a medalhinha permanece contigo. Mamãe é bem religiosa, algo que não passou para mim. Quer dizer, até que passou. Não sou católica, nem cristã, nem umbandista, nem espírita, nem de qualquer outra religião, mas tenho minha espiritualidade. Não acredito que viemos ao mundo por acaso. Ah, e sou devota de Santa Rita, a santa dos impossíveis. Pode? Uma não religiosa, devota de uma santa. Explico: é que os santos existiram, tiveram uma história, passaram pela vida, amaram, sofreram, talvez até tenham sentido raiva, ódio. De repente, se sentiram sozinhos, abandonados, e encontraram na fé uma forma de ter valor. Enfim, acho os santos muito tri. Até tenho alguns daqueles santinhos em papel que muita gente distribui por ter recebido uma graça. Esses dias ganhei de uma senhora, na sinaleira, um da N. Sra. Desatadora dos Nós. Conhece? Nossa, é muito linda. Toda em contrastes de azul forte e vermelho. Nem parece uma Nossa Senhora. Suas imagens normalmente são sem graça, em cores desmaiadas. O Mateus amou tua foto. Adorou a Milady, quer dizer, Dona Mercedes (e eu adorei a homenagem à tua bisavó). Nós não temos animais de estimação, difícil cuidar deles com o carinho de que necessitam. Tua vó ainda não se aposentou. Eu passo o dia fora, o Mateus na escola, enfim. O bichinho ficaria muito sozinho, o pobre. Certa vez, o Mateus teve um peixe beta, o Potter (homenagem ao bruxo dos livros, é claro). Ele ficou conosco alguns meses. Uma manhã amanheceu morto. A moça que fazia a limpeza deu comida em demasia pro coitado. Teu irmão chorou muito e jurou para si mesmo que só teria outro bicho quando pudesse cuidar sozinho dele. O Mateus é assim: muito cuidadoso, muito responsável. Espero que ele fique bom logo para poder voltar às aulas, ele é do tipo CDF (hoje vocês, jovens, chamam de *nerd*, né?). Aí fica me incomodando, dizendo: "Ah, mãe, já tô bom. Deixa eu voltar pra escola. A Gil deve tá precisando de tua ajuda na empresa". Viu só como é o teu irmão? Mas que bom saber que a Luciana e o Felipe foram passear. Novos ares sempre trazem bons sentimentos, boas emoções. Ah, e sentir saudade por um tempinho pequeno sempre faz bem ao coração.

Nossa, e tu não imagina a minha felicidade ao saber que a Maria Augusta foi resgatada de uma caixa de infância. Sabe, tenho tanto arrependimento por ter me desfeito de coisas do passado. Quando se é jovem, a gente acaba querendo apagar todos os sinais de quando fomos crianças, aí, quando chegamos lá pelos 40, ficamos querendo um pouco das marcas do passado, alguns sinais de quem fomos. Você acredita que eu tinha um diário? E que até alguns poemas escrevi nele? Porém, um dia, resolvi colocá-lo no lixo. Achei aquele diário e aqueles poemas muito bobos. Hoje me arrependo. Muito. Por isso minha alegria ao saber que a Maria Augusta ainda vive (e isso graças ao teu pai) e que agora ela tem um lugar especial em teu quarto, assim como teve em tua vida de criança.

Ah, já ia me esquecendo. Não sei se teu pai te contou, mas escolhi (escolhemos, na verdade) teu nome quando estivemos em Torres (uma praia do Rio Grande do Sul. A mais bonita, é certo). Era primavera, eu estava grávida, a gente foi passear um pouco, acho que era feriado de Nossa Senhora Aparecida. Aí, eu estava passeando na beira da praia, pés na água. Lá longe a ilha dos peixes-boi. De repente teu pai gritou: "Olha, Ana, são golfinhos". Eu olhei, era lindo: os golfinhos, as ondas, o céu, o mar. Então falei pro teu pai: "Se nosso bebê for uma menina, vai se chamar Marina". Ele sorriu, me abraçou. E foi assim: Marina.

Veja só: estou lendo um livro que a escola do Mateus indicou. Gosto de ler junto com ele. Enquanto ele está mergulhado nas aventuras do D'Artagnan, eu enveredo pela leitura de *Os da minha rua*. É de um autor angolano chamado Ondjaki. São pequenos textos sobre a infância. Num deles li a seguinte passagem: "Antigamente as pessoas eram pessoas de chegar. Não sabíamos fazer despedidas". Não sei o porquê, mas fiquei pensando na gente. Beijo, Marina.

Marina, não querendo ser chata (mas sendo), é que fico aqui envolvida com o trabalho (estou desenhando um apartamento *loft* para um casal. São dois garotos muito queridos: o Jonas e o Peter. O Peter é inglês), mas acabo sempre me distraindo e pensando em tuas últimas mensagens e lembrando de coisas que devia ter te dito e esqueci de te dizer: a mamãe ficou feliz demais em saber da possibilidade de te encontrar. Abriu um sorrisão que fazia muito tempo eu não via no rosto dela. "Jura?", ela perguntou. Eu disse: "Leia tu mesma aqui". (Ah, desculpa, por vezes o "sotaque porto-alegrês" surge e me esqueço do "você" e me abraço no "tu".) Ela leu, até bater palmas, bateu. Disse que não vê a hora. Bem, deixa eu trabalhar que daqui a pouco os guris (olha o porto-alegrês de novo) vêm olhar meu projeto pro apezinho deles.

26 MAR-QUI-12:09
Marina

Desculpa, Ana Lúcia... Sua última mensagem me deixou triste de uma maneira que eu não consigo entender. Essa coisa de "pessoas de chegar" e "pessoas de despedida", não sei, não sei... Acho que preciso de um tempo, tá? Eu tentei responder ontem à noite, acho que isso tudo da gente se falar disparou um monte de coisas em mim. Sei lá... Nem me responda essa mensagem, por favor. Aguarde um pouco, estou relendo tudo que já dissemos e tentando entender esse buraco que eu sinto aqui, bem no meio do coração. Misto de raiva, misto de saudades do que nem vivi. Preciso me entender. Meu pai propôs um jantar comigo na praia, hoje. Dormiremos lá, voltamos sábado. Bate e volta. Acho que será bom ver o mar. Mar... Marina... Difícil vai ser guardar esse segredo por muito tempo. Tenho vontade de enfrentar meu pai e perguntar. Acho que ele não deveria ter me afastado de saber a verdade. Também ando pensando o que eu faria no lugar dele, quando você saiu de casa. Eu não acho que eu deixaria minha filha ir embora para Portugal. Isso foi muito radical da sua parte. Ainda se você saísse de casa e ficasse por perto, os dois poderiam ter ficado comigo... Eu teria sido mais feliz. Espere aí que eu escrevo assim que eu normalizar. Por enquanto, só consigo imaginar que ninguém pensou direito em mim. Um beijo.

26 MAR-QUI-13:37
Marina
Só uma coisa, eu nunca visitei Torres. Acho que isso me deixou triste. Meu pai nunca ter me contado essa história, nunca ter me levado lá. Acho que eu tenho o direito de saber tudo que faz parte da minha vida. Fiquei pensando num jeito de pedir isso pro pai. Queria ver onde surgiu meu nome. Volto a escrever mais, depois.

26 MAR-QUI-14:01
Ana Lúcia
Entendo. Nós duas precisamos de tempo. Agora, ele é teu. Aguardo.

27 MAR-SEX-18:03
Marina
Ana Lúcia... Eu juro que quis esperar o tempo passar, ficar sem falar com você. Mas olha, eu não consegui. Nem passou um dia e eu fiquei aqui olhando a caixa de mensagens esperando alguma notícia sua e do Mateus. Sinto vontade de continuar a conversa, dizer como estou me sentindo. Desculpa se pareço boba...

Ainda estou na praia. Papai tá dormindo na rede, acabado de cansaço. Eu avisei que seria loucura eles entrarem nessa aventura de ter um bebê, mas a mamãe queria tanto... Confesso que eu até me perguntei se essa vontade não era para ela se sentir mãe de verdade, e juro que isso não era ciúme. Mas agora não importa, ou importa, sei lá.

Ontem jantamos num restaurante tri, kkkk, olha eu "gauchando", viu? Papai é todo gaúcho. Acho que nunca será um paulista. Eu, em compensação, pareço nascida aqui. Adoro São Paulo. Sou muito paulistana da gema. Curto essa cidade grande com milhões de pessoas e muitos lugares pra ir e tudo quanto é tipo de coisa para fazer. Bom, Porto Alegre também deve ser meio assim, não sei, nunca fico muito por lá. Não sei se te contei, faço aulas de teatro, mas o que gosto mesmo é de escrever e acho que São Paulo me inspira na criação de personagens. Ano passado, ganhei o Prêmio Revelação Jovem Escritor no colégio, Melhor Conto de Ficção. É claro que meu discurso foi corrigir o nome do prêmio para Jovem Escritora. Baixou a Mercedes!

Voltando ao jantar, nem sei bem como fiz isso, mas falei para o pai de você e de mim. Calma, explico, não falei que estamos nos falando, mas falei sobre minha história na sua história, enfim, o começo de tudo.

Foi assim, meio sem querer, perguntei sobre meu nome, como tinha surgido a ideia de me batizar Marina, e ele me contou a mesma história que você sobre a praia em Torres, a visão do mar, a ilha dos peixes-boi. Daí, perguntei de você, como era, o que você vestia naquele dia... Ele ficou meio sem graça e meio triste. Levantei da cadeira e fui até ele, dar um abraço, e disse algo sobre eu querer voltar a falar com você, sei lá, ter um recomeço, perdoando o que foi passado. Depois a coisa ficou um pouco mais tensa. Nunca vi meu pai falando comigo com tanta frieza, misturando palavras de raiva contra você e o Lucas, que era seu melhor amigo naquela época. Você sabe, papai é engenheiro, pensa matematicamente, faz conta do tempo. Disse que a escolha era minha de falar com você ou não, mas que a história era uma só, nós dois abandonados. Voltamos para o apê, tomamos café. Papai leu as notícias, comentamos. Como sempre é. No jantar, ele retomou o assunto e perguntou sobre o que eu falaria se te encontrasse. Eu não soube o que dizer.

Passei a tarde lendo um livro que ganhei de uma amiga. Na história a garota conversa com a mãe que já morreu. Chorei ao final da leitura. Você está viva, eu estou viva. Temos uma chance melhor do que a da protagonista do livro. Eu me senti com sorte, apesar do que houve de ruim.

Tenho sentido um aperto no coração.

Sinto falta de coisas que não vivi com você.

Agora pouco, depois de tomar banho, enquanto eu desembaraçava meus cabelos, eu vi seu rosto no espelho. Somos muito parecidas, eu acho. Foi o que meu pai disse quando contou de vocês dois em Torres, eu na barriga, "vocês duas, os mesmos cabelos, incrível como são parecidas".

Não sei se vamos um dia voltar a ter uma relação de mãe e filha. Mas eu quero aprender a perdoar para não sentir o que eu sinto.

Ah, eu ia escrever quando chegasse em São Paulo, amanhã cedo, mas estou preocupada também com o Mateus. Ele melhorou?

Um beijo, Ana. Posso te chamar de Ana, né?

28 MAR-SÁB-14:28
Ana Lúcia
Às vezes, Marina, a tragédia se abate sobre nós e a gente perde o rumo.

28 MAR-SÁB-14:32
Marina
Nossa... eu estava pensando agora em você.

Sei que temos mais o que conversar, mas antes, diz do Mateus, ele está melhor?

28 MAR-SÁB-15:47
Ana Lúcia
Ah, Marina, desculpa. Você partilhando emoções tão lindas comigo e te devolvo preocupação. Estou fora do prumo, meio sem saber o que fazer, o que dizer ao Mateus, à minha mãe. Estou perdida, precisando organizar o pensamento. Preciso. Senão acho que desmorono, e se desmorono, eu sei, tudo pode ser pior. Bem pior.

Você me pergunta sobre o Mateus. Então, ontem o médico me ligou. Exames prontos, e foi detectado um pequeno tumor no pulmão direito do Mateus. O dr. Edgar ainda não sabe se é maligno, teu irmão terá que passar por uma cirurgia, o doutor recomenda que seja rápido, ele agendou pra semana que vem. E eu? Eu só sei chorar. Não dormi à noite, hoje tentei fingir que tudo está normal. "O que está havendo?", perguntou tua vó Lara, ela sempre a perceber o que vai por dentro de mim e eu sem coragem de falar a dor, o medo, a desolação, o pavor que me habitam agora, Marina. O que faço? Estou sem chão. Uma mãe jamais deveria ser posta a esse tipo de prova. Teu irmão toma o suco, come um misto-quente, fala sobre *Os três mosqueteiros*, diz que não vê a hora de voltar às aulas, que sente saudades dos colegas, e que quer lhes contar sobre você, contar que tem uma irmã e que ela virá visitá-lo um dia. Ele cheio de vida me contando seus planos e eu sem coragem de lhe falar da cirurgia, de lhe dizer do pavor que me habita. Ah, Marina, o que eu faço? Sei que tenho que contar pra minha mãe, contar pro Mateus. Mas e coragem, de onde tiro? E forças, terei? Tem horas que eu queria que tudo parasse, que o Mateus voltasse a ser bebê. Aí eu o abraçava forte e tudo ficava bem. Rezo, rezo, faço promessas, peço que esse tumor seja benigno. Aí ele tira e tudo volta a ser como era. Sou só tristeza, Marina. E ela me toma e me paralisa. Peço que a minha Santa Rita proteja o Mateus, me proteja, me dê força pra que eu possa enfrentar o que de repente virá. No momento, só posso fazer isto: pedir, pedir, rezar, desejar.

28 MAR-SÁB-15:58
Marina

Não sei o que dizer. Essa notícia, um soco no estômago. Não consigo pensar em nada. Acho que estou desesperada. Eu nem conheço meu irmão.
Acho que vamos ter que ter coragem. Quero ajudar nisso. E preciso de sua ajuda. Eu não vou ficar de fora, e queria fazer um pedido.
Voltei da praia. Meu pai foi para Porto Alegre ver como estão as coisas, e ele fica lá até terça ou quarta. Pedi para ficar sozinha em casa, ele não quis, mas me deixou na casa da Michelina e da Alice, amigas da nossa família. Elas me conhecem bem, sabem que eu tenho liberdade de sair sozinha...

Não sei se o Mateus pode achar isso muito estranho, ele é criança e ama a mãe dele mais do que tudo, mas eu gostaria muito de estar com meu irmão sem sua presença pra gente se conhecer sem nenhum bloqueio, entende? Estou pensando em ir amanhã, tomar café da manhã com o Mateus. Eu faço o melhor bolo de cenoura com calda de chocolate do mundo! Levo o bolo, quem sabe sobra até um pedaço pra você. A avó pode aproveitar e ficar com a gente.

Você deixa? A casa da Michelina fica na Rua Girassol, acho que consigo ir para sua casa a pé.

Pode?

Um beijo.

Ah, não sei se é um sinal, mas toda vez que eu caminho na praia fico procurando uma concha especial para uma coleção que mantenho num vidro. Encontrei uma linda dessa vez, tem uma mancha branca que desenha um M. M de Mateus, de Mercedes, de Marina, de mãe. Ele vai ficar bem. Tenho certeza.

28 MAR-SÁB-21:33
Ana Lúcia

A noite está caindo. Ainda chove. Ter lido tuas palavras, ter percebido tua preocupação e teu carinho com o Mateus me trouxe um pouco de paz. Há pouco falei com tua vó sobre o Mateus. Ela chorou; não resistiu e chorou. Porém, não ficou presa à tristeza. Me abraçou forte, me disse pra eu ser forte. "Teu filho depende da tua força, da tua serenidade. Tu é neta da Mercedes, não esquece". Ter minha mãe assim por perto, junto de mim nesse momento de dor, me faz bem, muito bem. Ah, Marina, tomara que o tumor no pulmão do Mateus seja benigno, tomara! Ele está vendo um seriado agora. Vou tomar um banho e depois contarei a ele da tua visita (mamãe amou, disse que não vê a hora de te dar um abraço, ficou tão feliz! Disse: "Vou fazer aquele meu chá de abacaxi e *blueberry*. Ela deve gostar, né?").

Estou mais calma. Mais tranquila. Quero acreditar que tudo se resolverá bem, tento me convencer disso. Sabe, quando o Lucas faleceu (foi tudo tão de repente), eu julguei que meu mundo fosse acabar. Eu tinha organizado toda a minha vida em função dele, em função do nosso amor. (Ah, você precisava ter conhecido o Lucas: sempre alegre, sempre positivo). Sabe, acho que, se o Mateus não existisse, eu não teria sobrevivido à perda dele. Me agarrei à certeza de que ele dependia de mim, tinha apenas 5 anos, uma criança, e agora sem pai. Eu sofri muito. Perdi o amor da minha vida. E não quero ser cruel com você, não quero que duvide de ter nascido da união de duas pessoas que se amavam. Não, Marina. Eu e teu pai nos amamos, fizemos planos de uma vida juntos, mas ninguém é dono do seu destino. A vida nos surpreende. Às vezes de uma forma tão terrível, tão trágica. Eu ainda hoje sinto saudades do Lucas, acredita? Já tive namorados. No momento, estou só. Há o Fred, um advogado amigo da Gil. Separado, pai de um adolescente daqueles que só se vestem de preto e pintam o cabelo das mais variadas cores. Atualmente está verde. Inspirado no Incrível Hulk, ele me disse. Mas já pintou de rosa, de amarelo, de azul-marinho, de azul-claro, já descoloriu também. Ah, ele é uma figura. Parece um rebelde sem causa, mas é um fofo carente de carinho. Vive dizendo que eu e o Fred temos que namorar sério. O Fred adora a ideia. Eu não sei. Acho cedo. Gosto de estar com eles, mas o que sinto pelo Fred é mais carinho, creio, do que amor, sabe? E eu aqui, falando de amor com uma garota de 15 anos... É bom me sentir livre para falar dessas coisas contigo, Marina. Mas venha sim ver o Mateus e a tua vó. Eu invento uma desculpa qualquer para sair. Um passeio com a Gil, um cinema com o Fred, algum trabalho atrasado pra dar conta, não te preocupa, certo? E só falarei da cirurgia para ele depois do encontro de vocês. Acho que tua visita fará um bem danado pro teu irmão, pra tua vó. E, acredite, mesmo você não se sentindo preparada ainda pra gente se ver, para mim é a maior alegria saber de teu desejo de conhecer teu outro irmão. Escrever pra ti, trocar essas ideias, minhas dores, minha vida, me acarinha e acalenta o coração. Sei que estou meio piegas, meio sentimentaloide demais, como costuma dizer o Tom (ah, esse é o nome do filho do Fred, o do cabelo colorido) quando eu me emociono com alguma coisa. Aí, acabo não conseguindo fugir do clichê. Vou pro banho.

Ah, e fiquei curiosa para conhecer tua coleção de conchas. Sobretudo essa mais recente, com um M desenhado nela. M de mãe, você disse. De Marina. De Mateus. De Mercedes.

Beijo, Marina.

28 MAR-SÁB-22:47
Marina

Ufa!! Esperei sua resposta até agora, mas já deixei o bolo pronto! Sabia que você ia deixar. Nem tenho como agradecer sua compreensão. Passa o endereço? Papai mandou notícias de Porto Alegre, disse que o Felipe tá bem e mamãe mais descansada. Ela levou o Felipe numa médica bacana que deu muitas dicas e acho que isso acalmou os dois. Quero ser uma boa irmã para o Mateus e o Felipe. O Felipe desafia a gente a pensar fora da caixa, como dizem. E agora, com a doença do Mateus, também teremos que mexer na caixa de sentimentos.

Amanhã eu juro que serei uma irmã mais velha muito, muito legal mesmo!! Dona Mercedes veio comigo para a casa das tias. Eu disse que não abandono ninguém, né? A gata tá sendo tratada como rainha, dormiu na principal poltrona da sala.

Espero seu endereço. Um beijo!! Obrigada por isso, viu?

28 MAR-SÁB-23:03
Ana Lúcia

Oi, Marina, desculpa. Acabei não te passando o endereço. É Rua Lira, 313, ap. 13. Não tem como esquecer. Eles vão te esperar.

Beijo. Tenha uma noite boa.

28 MAR-SÁB-23:05

Marina

Lira. Nome antigo, né? Você percebeu quantos 13 tem no seu endereço? Até de trás pra frente. Eu gosto desse número, gosto de gato preto, passo por debaixo de escada, adoro histórias de bruxas e sonho voar numa vassoura. Lembra do que falei sobre as bruxas, mulheres sábias que resolviam coisas que as outras pessoas não conseguiam explicar? Pois bem, esse número 13 repetido me fez pensar em poções mágicas. Vou levar um livro para ler com o Mateus. Estarei lá às 9h!! A gente precisa de uma pitada de fantasia. Michelina me emprestou um chapéu de bruxa. E eu nem sei se vou conseguir dormir esta noite de tanta ansiedade. 🙂

29 MAR-DOM-12:43

Marina

Melhor domingo de todos! Cheguei agora há pouco. Levei a medalhinha *Agnus Dei*. Vovó chorou quando me viu, pediu para me abraçar. Ela estava esperando na portaria. Ficamos um pouco tímidas, sabe como é. Quando entrei no apartamento, o Mateus foi um fofo, veio correndo me abraçar dizendo: "Bem-vinda, minha irmã querida, esse é o dia mais feliz da minha vida!". Como pode, esse menino? Fala que nem adulto. Conversamos muito, sobre todo tipo de assunto. Eles me perguntaram de mim, da escola, do que gosto de fazer, da minha casa, dos meus pais, do Felipe. Aliás, o Mateus me disse que vai querer ser irmão do Felipe também. Nossa, eu já amo esse moleque! Acredita que ele tocou de cara na ferida como se a gente fosse mesmo íntimo? Sentou do meu lado, pegou na minha mão e me disse pra não ter raiva da nossa mãe, que as coisas iam ficar tão bem que a gente nem ia lembrar de coisa triste. Fofo, fofo, fofo demais!!!!! Ele elogiou muito você. Falou que é divertida e tri-inteligente. O Mateus fala "tri" sem parar! Foi tanta coisa que passou rápido demais e eu acho que vamos precisar de muitos encontros, passeios e histórias, kkkkkkk. Aliás, espero que eu não tenha exagerado lendo histórias do Poe pra ele. Mas parece que adorou. E ele me fez prometer levar a Dona Mercedes, mas eu disse que, por enquanto, pelo de gato, não sei se faria bem. Tem gente que tem alergia.

Voltando ao Poe, minha história preferida é uma em que há um morto enterrado embaixo do assoalho, mas o assassino, ao receber a polícia, começa a se entregar de nervoso, por causa de um tic-tac de relógio que vem do paletó do sujeito.

Espero que a minha visita tenha sido boa para o maninho.

Li uma coisa sobre doenças e sentimentos. Lá dizia que pulmão acumula tristeza. Então quero que o Mateus tenha muitas alegrias para se curar. Deve ter uma lógica isso. Quando eu choro de tristeza, sinto esvaziar uma espuma por dentro. Espuma espremida, encharcada de lágrima. Sai tudo pelos olhos. Tem que sair. Se a gente não deixa sair pelos olhos, vira goteira por dentro. E, se isso cristalizar, vira estalactite. Já viu uma? Se o Mateus ficar alegre e rir bastante, todas as estalactites vão se partir e cair. E ele vai ficar novinho em folha.

Você também, não chore para dentro pra não dar estalactite, viu?

Confiança. A gente precisa ter confiança. Isso é melhor do que xarope pra tosse. Mãe me ensinou isso. Eu tinha muita dor de barriga quando tinha prova na escola. Ela me dava uma colher de mel e chamava mel de confiança. "Confiança, filhota, adoça a língua porque isso é melhor do que xarope!", ela dizia. Luciana é uma mãe generosa. Já reparou que vocês têm o mesmo nome só que espelhado? Ana Lúcia, Luciana... Marina de Ana Lúcia e Luciana. Engraçado. É isso.

Obrigada por me deixar viver a manhã de hoje do jeitinho que eu pedi.

Mãe, gostei de saber como você é aos olhos do maninho Mateus. O olhar dele me ajudou a arrumar as coisas por dentro de mim. Um beijo.

29 MAR-DOM-20:45
Ana Lúcia

Querida Marina, cheguei há pouco em casa. Agora estou no quarto ensaiando as palavras que usarei para contar ao Mateus sobre a cirurgia. O dr. Edgar ligou à tarde. Cirurgia marcada pra terça. Eu fiquei meio em choque, estava no Ibirapuera, passeando com o Fred e o Tom, meio esquecida de tudo, meio agradecida pelo dia longe de problemas que você indiretamente me proporcionou. Aí, tudo voltou. Tudo. Perguntei ao doutor se o Mateus corria risco. Ele disse daquele jeito que os médicos sempre falam, tentando ser afetivo, mas revelando certo distanciamento e frieza: "Ah, Ana, cirurgia é sempre cirurgia". E eu entendi o que ele estava dizendo. Aí meu dia ficou triste, veio uma estalactite fincar fundo no meu peito. O Mateus está tão feliz com tua visita. Me recebeu alegre, disse: "Bah, mãe, a minha irmã é tri". Eu sorri, a gente se abraçou, eu chorei. Ele: "Não chora, mãe. Vai ficar tudo bem, tu vai ver". Ah, Marina, aí sim chorei mais. E ele ali, fazendo carinho em meu cabelo, secando minhas lágrimas, sem saber o motivo de meu choro. Ele é lindo, você viu. Um guri muito lindo. Amor demais. Você percebeu como é fácil ser mãe dele, como é fácil amar o Mateus, eu notei em tuas palavras, tua alegria vibrante ao conhecê-lo. E, creia, se ele te tratou com tanta intimidade é porque você sempre fez parte da vida dele, da nossa vida. Você sempre foi pessoa presente em nossas conversas, em minhas lembranças; ele sempre querendo saber o porquê de eu ter te deixado com teu pai. Escrevi algumas palavras no papel (também gosto de escrever, tenho uns diários, quer dizer, são mais "devezenquandários", que surgiram depois que me arrependi de destruir meu diário de juventude), ensaiei como dizer, mas acho que o melhor é deixar rolar na hora. O Mateus é um garoto maduro, apesar dos 10 anos. Você bem viu. Sabe, hoje após a gente passear pelo parque, alugamos umas bicicletas e tal, fomos ao cinema. O Tom estava muito a fim de ver um filme, parece que inspirado em um livro de um escritor brasileiro, não lembro bem o nome. Do escritor. Do filme lembro. Era *Eu e o silêncio do meu pai*. Contava a história de um garoto e de seu pai. Ele sofria muito com o alcoolismo paterno. Nossa, me senti o próprio menino. Muito, muito, muito. Chorei também. O filme é lindo e triste, terrivelmente lindo, e o pai, um homem muito silencioso, só se reencontra com seu filho no leito de morte. Eu nem isso consegui com meu pai. Essa talvez seja a maior estalactite que está fincada em mim, que me faz chorar pra dentro. Mas o pai do filme não era agressivo, não batia em seu filho, não o deixava de castigo por qualquer coisa, não agredia sua esposa. Era homem pacífico, mas muito silencioso. Muito. Aí pensei na gente também, não tinha como, né? Nós em silêncio esses anos todos, quase doze anos de emudecimento. E as palavras fazem tão bem, são pontes necessárias. Obrigada por você aceitar ler as minhas e partilhar as suas comigo. Há pouco o Mateus entrou aqui, veio me trazer um suco, me deu um beijo de boa-noite. Estava tão feliz, falou de novo em ti, no Felipe, no bolo que você trouxe ("O melhor bolo que comi na minha vida", ele falou. Tomara que a vó de vocês não o escute...), nas histórias do Poe que você leu pra ele ("Nossa, mãe, tem uma que o cara arranca os dentes todinhos da namorada dele. Muito tri"). Aí desisti de falar da cirurgia. Farei isso amanhã. Amanhã. Mamãe costuma dizer que não há nada que uma noite de sono não resolva. Quero acreditar nisso. Hoje mais do que nunca. Meu beijo. Até amanhã.

30 MAR-SEG-15:40
Marina

De repente, fiquei com uma sensação esquisita, uma náusea. Pode ser egoísmo e acho que não é o momento pra isso, mas Mateus me perguntar por que você me deixou fez com que eu voltasse umas casas no tabuleiro. Fiquei com isso dentro da cabeça e precisava falar aqui.

Quero dizer que vou rezar para que a cirurgia corra bem, que logo eu possa estar com meu irmão. Fico ainda mais triste por ele ter perdido o pai tão cedo. Mas pelo menos o Mateus nunca sentiu a tristeza do abandono. Desculpa, esse sentimento vai e vem em mim e nada se compara ao fato de o Mateus estar doente e ter enfrentado a morte do próprio pai.

Adorei conhecer meu irmão. Alguns dizem "meio-irmão", mas eu aprendi na prática que a gente só pode ser inteiro. A genética pouco importa.

Você nem comentou que deixei a correntinha com a medalhinha para o Mateus. Para ele levar para o hospital. *Agnus Dei* é um presente pra Deus, um cordeiro, um ser puro de coração. Igual ao Mateus, uma criança de coração puro que merece tudo que existe de bom.

Meu pai me ligou de Porto Alegre, resolveu estender seus dias lá até sexta. Logo é meu aniversário, mas isso é o de menos com tanta coisa acontecendo. Vou ficar aqui na Michelina e na Alice, Dona Mercedes acho que nem vai querer voltar para casa com tanto paparico das duas.

Qualquer coisa, escreva.

Diz para minha avó parar de ser da antiga e comprar logo um celular, assim ela pode mandar mensagens para mim. Engraçada minha avó.

Sinto-me triste. Desculpa. Eu queria ir ao hospital amanhã com você e com meu irmão, mas, sei lá, não posso, não consigo, e meu pai deveria saber do que está acontecendo entre a gente. Até mais...

Ah, fiquei encucada com uma coisa, contei tanta história de suspense para o mano, e ele doente. Será que fiz mal?

30 MAR-SEG-22:44
Marina

Lembrei de uma coisa: olhar o mar sempre me acalma. Fotografei em Santos, quando fui com o papai. Achei bom deixar aqui na nossa conversa, pra acalmar você.

Estou muito preocupada. Mesmo.

Dona Mercedes gata manda um miado.

31 MAR-TER-00:30
Ana Lúcia

Marina, não se sinta culpada por sentir o que sente. Todo mundo é um pouco egoísta mesmo. Eu, te confesso, me pego por vezes pensando que, se o tumor for maligno, terei de mudar toda a minha vida pra dar mais atenção ao Mateus. E não quero. Não quero, mais uma vez, ter de mudar minha vida. Casei, descasei, fui morar em Portugal, voltei, vim pra São Paulo, o

Mateus nasceu, Lucas morreu (e não foi de doença, não houve tempo para que eu me preparasse, para que eu me despedisse. Lucas morreu atropelado. E eu morri um pouco com ele). A vida tem disso: dá umas rasteiras na gente de vez em quando. Mas te confesso que ando cansada de ser derrubada. E não há tombo maior do que aqueles provocados por nossos filhos. Sei que o Mateus não tem culpa. Sei. Mas, no telefonema, o dr. Edgar, quando perguntei os motivos do tal tumor, já que nem na minha família nem na do Lucas há qualquer caso de câncer, ele disse que uma pessoa pode ter tumor mesmo sem histórico familiar. Mesmo assim, fico pensando se não foi algo que eu fiz ou deixei de fazer. Fico tentando achar culpados: eu, o Lucas, minha mãe. Até mesmo o próprio Mateus, acredita? Como se ele tivesse culpa de estar doente. Enfim, hoje saí com teu irmão. Fomos tomar um sorvete. O dia estava propício para isso. Um dia bonito e quente, dia para alegrias e não para tristeza. Porém, tive que encher o rosto do Mateus de sofrimento. Falei da cirurgia, falei da possibilidade de o tumor ser maligno, falei tudo. Não tive piedade, agora percebo. Devia ter sido doce, devia tê-lo enchido de esperanças. Mas fui racional. Pode? Depois me arrependi, falei que a gente ia vencer juntos mais esse drama, que isso ia nos aproximar mais ainda, eu, ele, você, a vó de vocês. Ele sorriu, disse pra eu ficar calma. "Tu tem razão, mãe. Vai dar tudo certo". E aí pegou a medalhinha que tu deu pra ele. "Olha só, a mana (ele já te chama de "mana") me deu essa medalha. E é pra dar sorte, ela disse. Vai dar, vai ficar tudo tri". Vai, eu respondi, vai. Agora estou na cama, já chorei um pouco, já rezei pra Santa Rita, já fiz promessas. Várias. Até as anotei para não esquecer. O Fred ligou há pouco, falamos muito, ele me acalmou. Disse que dará tudo certo. A Gil, o Tom, tua vó, o próprio Mateus, todos têm certeza que tudo dará certo amanhã. Por que então eu duvido? Só eu duvido. E eu sou a mãe. Não sou eu que tenho que ter mais fé, que tenho que acreditar? Ah, Marina. Enquanto escrevia, vi que chegou outra mensagem tua. Ah, que linda a foto de Santos! Linda, linda. Obrigada por partilhá-la comigo. A cirurgia será amanhã, às 10h. O Mateus já foi deitar, já está preparado, em jejum. Acordaremos cedo, pego um Uber e vamos pro hospital. A tua vó queria ir junto, achei melhor não. Vamos eu e a Gil. Dará tudo certo, né? Marina, se você ainda estiver acordada, me manda um boa-noite? Aí dormirei mais tranquila. E não pense que esqueci que logo, logo, uma linda moça estará fazendo 15 anos. Beijos. Um pra você, outro pra Dona Mercedes.

`31 MAR-TER-06:51`
Marina
...eu acordei agora. Tive um pesadelo terrível com o Mateus e eu em cima de um telhado, o Felipe nos meus braços. Havia uma penumbra, uma atmosfera pesada, uma sensação de que nos perseguiam. E eu pulei, pulei com os dois do telhado altíssimo. Meu estômago doeu de medo. Acordei suando. Foi a pior história de terror.

Queria estar no hospital e eu não posso. Você deve me achar uma idiota por isso, afinal, o que teria demais eu ir e a gente se encontrar? Acontece que agora eu tenho um medo que eu não tinha antes, medo de estragar tudo que tenho aqui nessa caixa de mensagens. Essa conversa que agora parece normal. Tenho medo de brigarmos. Ao mesmo tempo, tenho medo de te conhecer e gostar de você e meus pais me odiarem porque eu comecei a gostar de você. Ou o pior dos medos: gostar de gostar de você e ser abandonada, de novo.

Espero que eu consiga me entender. Estou confusa.

Acho que você não deveria ter falado para o Mateus do tumor, mas ao mesmo tempo, se eu penso em mim no lugar dele, acho que é bom saber. Isso é respeito. Fala pra ele que eu disse isso. Diga para ele que ele vai ficar novinho em folha e que a gente vai gritar de alegria e que vamos rir muito disso.

Tá tudo bem. Não tá? Um beijo.

`31 MAR-TER-11:21`

Ana Lúcia

Faz uma hora e seis minutos que a cirurgia começou. Ainda não recebi nenhum retorno. A Gil tá aqui do meu lado. Há momentos em que penso que, sim, tudo dará certo. É só mais uma provação, só isso. Até porque o Mateus é um guri bacana, não merece nada de mal. Já basta ter perdido o pai daquela maneira absurda. Porém, logo a dúvida se instala. Aí choro, a Gil me consola. Aí recebo tuas palavras, fico sabendo de teu sonho (mais pesadelo, na verdade) e sinto todo o sofrimento, toda a angústia, toda a dúvida pela qual você deve estar passando. E me culpo. Mas muito lindo saber que no sonho você segura as mãos de teus irmãos e pula com eles rumo ao desconhecido. A vida é um pulo no escuro. Sabe, nestes tempos de espera, enquanto meu filho tem o pulmão aberto, pensei muito na gente. Em mim, em você, no tanto tempo que ficamos distantes. Eu tentei ficar com você, mas teu pai não permitiu tua saída do Brasil. Eu, talvez, no lugar dele, fizesse o mesmo. Todavia, é certo, não usaria a mesma arma que ele usou e que me impediu de me reaproximar quando retornei ao Brasil. Tento entender o Gabriel, tento por tê-lo amado, por termos tido você. Mas às vezes é bem difícil. Errei muito. Sei lá. O amor por vezes cega, entontece. Ainda mais a mim que sempre acreditei naqueles amores de livros, de filmes. E com o Lucas eu vivi isso. Foi rápido, mas foi intenso, bonito, mágico. Oxalá um dia você e o Mateus possam amar e serem amados como eu fui. Ah, Marina, a enfermeira está me chamando. A cirurgia deve ter encerrado. Deve.

`31 MAR-TER-13:07`

Ana Lúcia

A cirurgia transcorreu bem, Marina. Teu irmão já está no quarto. Mas o tumor era maligno.

31 MAR-TER-14:14
Marina
Meu Deus! E agora, mãe?

1 MAR-TER-14:16
Marina
Desculpa, sei lá, falei "mãe" e eu... isso não importa. Meu irmão, eu quero ver o Mateus. Ele terá que fazer quimioterapia e essas coisas? Ele é criança e isso não é justo. O médico tirou tudo da doença? O Mateus vai ficar bom? Isso não é justo. Não é. Eu odeio essa doença. Eu odeio estar longe. Eu odeio essa mentira de falar com você sem meu pai saber.

Eu quero ficar aí do lado dele.

31 MAR-TER-16:11
Ana Lúcia
Deixa ver como te explico: vamos falar do que foi positivo. 1. Era apenas um tumor. Só um. Parece, segundo o dr. Edgar, algo bem pontual, sem ramificações. E, quando ele fala em ramificações, é óbvio que deve estar falando de metástase. 2. O Mateus já acordou, está no soro, mas está, embora sonolento, bastante alegre. Disse uma ou outra bobagem. Agora está lendo *A fantástica fábrica de chocolate*. O Fred e o Tom vieram vê-lo, o Tom trouxe de presente (na verdade, cada pessoa só pode ficar dez minutos, e uma por vez, só eu, que sou mãe, posso ficar o tempo todo. Mas para que alguém entre, eu tenho que sair. Assim, não se preocupe, se você quiser vir, só me avise um pouquinho antes que eu saio do quarto ou vou ao banheiro). 3. Ele respira bem, está medicado, sem dor. 4. Eu estou esperançosa. Mas tem o lado negativo: 1. O Mateus terá que se submeter à quimioterapia ou rádio, a equipe está avaliando. Saberei amanhã. 2. Ele terá de ficar hospitalizado. Ainda não sabemos até quando. Acho que é isso. Por enquanto, é isso. Sigo meio aturdida, porém, como te falei, mais

calma. Sei que o Mateus é otimista, sei que tudo dará certo. Quer dizer, espero que sim. Sabe que entendo teu ódio por essa doença. Ela é silenciosa, às vezes vem e não dá tempo nem para dar adeus. E, depois, você enfrentou a doença da Tiana. Foi onde o câncer dela? Dizem que mágoas produzem câncer, mas no caso do Mateus não consigo perceber isso. E esse é meu maior medo: Será que meu filho traz em si alguma mágoa que esconde atrás de uma máscara de otimismo, de alegria, só para me proteger? Será que ele ainda sofre a dor da morte do pai? Tinha apenas 5 anos, não sei se teve a dimensão do que significou o pai sair para o trabalho e não voltar mais. Um caminhão ceifou-lhe a vida. A morte dificilmente manda aviso, o câncer também não. No caso do Mateus, de novo foi diferente: a tosse, a febre, o alerta. É isso, Marina, por enquanto é isso. Não se desculpe por ter me chamado de mãe, não criarei expectativa, fique tranquila, combinamos que seria assim. Sou capricorniana, cumpro promessas, nem que sejam as feitas para mim mesma. Como a que fiz quando vim para São Paulo: te observaria de longe, não me aproximaria enquanto não julgasse ver em você maturidade para querer me ouvir. E se fiz isso foi por não querer que teu pai fugisse de novo com você. A vinda de vocês para São Paulo ocorreu pouco depois de eu retornar de Portugal. Procurei o Gabriel, queria poder dividir com ele a tua educação. Mas ele não aceitou. Enfim, agora podemos falar sobre isso, podemos tentar destruir mágoas e sermos felizes, mesmo que à distância. Venha ver o Mateus, tenho certeza de que ele ficará muito feliz. Beijo e te cuida. Abraços para a Alice e a Michelina. Se elas te querem bem, eu também as quero bem. Gil te manda beijo, tua vó Lara também. Ah, está mandando dizer que logo, logo comprará um celular.

Marina, te confesso que adorei seu engano: em vez de Ana, me chamou de mãe. Isso foi luz neste dia tão terrível. Ah, e não te desespere. Dará tudo certo, quero crer. Mamãe, Gil, Fred, todo mundo está comigo, me dando força e otimismo. Acho que é disso que precisamos agora, só disso:

otimismo. Assim, dorme bem, respira fundo, reza um pouquinho pro Santo Anjo, que rezar não faz mal algum, né? (Eu também de vez em quando uso um "né".)

Beijo, minha linda. Te cuida. Fica bem. E diz pra Dona Mercedes que eu mando um carinho pra ela também.

E quanto a falar para o teu pai sobre nossas conversas, a decisão é tua. Faça aquilo que for melhor para ti, aquilo que te fará se sentir melhor. A vida é sempre mais tranquila sem mentiras, sem silêncios.

31 MAR-TER-18:11
Marina

Cheguei agora do clube. Fui nadar com as amigas e com aquele pessoal que treina natação, já falei, né? Então, acho que tem um carinha lá meio afins de mim. Agora olha a cena: ele se chama Joaquim, português de Lisboa. Um charme que... ui! Falta o ar. Ele se mudou para São Paulo por causa do trabalho da mãe dele, que é produtora musical de artistas incríveis. Fiquei no maior papo com Joaquim por causa de música; ele toca violão, gosta de música brasileira e já conheceu pessoalmente o Chico Buarque! Só não caí quando ele me contou porque a gente estava na piscina! Joaquim achou estranho eu curtir esse tipo de música porque na nossa idade não é todo mundo, enfim. É que minha mãe é superfã do Chico especificamente, e acabei ficando, também. Daí os assuntos se misturaram e acabamos falando de mães, eu disse que tenho duas, ele também, porque o pai dele é casado de novo desde que ele era pequeno e a mulher dele é bacana, e Joaquim adotou a mãe número dois. Ele disse isso, "mãe número dois". Confesso que isso deu um rolo na minha cabeça, botar número nas mães não é uma coisa que eu conseguirei fazer.

Ainda não conheço seus gostos musicais, mas papai comentou algo comigo em Santos sobre vocês juntos irem a concertos de música clássica. Bom, eu não sou muito de clássicos, mas curto Bach, Vivaldi.

Joaquim trocou número de celular comigo e combinamos de fazer alguma coisa mais tarde. Eu não sou de dar muita bola, sou meio bicho da caverna nessas coisas de ficar. Mas ele gosta de Chico Buarque e até de Chiquinha Gonzaga!

Vou passar no hospital depois do almoço, encontro com Joaquim na sequência. Olha, eu sei que estou mentindo para o pai sobre nós duas conversarmos e sobre eu ver meu irmão, e eu não sou de mentir, quero que você saiba. Considere isso uma causa extraordinária. Pode ser? Não pense que eu sou mentirosa.

Onde fica o hospital? Vou de metrô ou de *taxi lady* (papai pede pra eu usar um aplicativo que só tem motoristas mulheres). Seria ruim eu visitar o Mateus por volta das 13h30?

1 ABR-QUA-09:00
Marina
Outra coisa, pode não ser agora, mas queria saber sobre isso de você querer se aproximar de mim e meu pai não deixar. Digo, aos meus 4 anos, na sua volta de Lisboa. Eu entendo o pai ter se sentido chateado e traído, mas não acho legal ele ter colocado uma condição de distância entre mãe e filha. Ele não pensou em mim se fez realmente isso. Pode até ser que ele tenha sentido medo de você se afastar de novo, e que eu sofresse. Mas mesmo assim eu quero saber o que aconteceu. Fico maluca com essas coisas na minha cabeça. Ah, antes que eu esqueça, isso de eu chamar de mãe e de ter duas mães e tudo mais, acho que falta intimidade, só isso. Mãe é uma palavra pequena e cheia de coisas por dentro. Falei demais, né?

Beijo pra você e pra Gil.

(Vovó eu beijo amanhã? Ela me espera no hospital?)

`1 ABR-QUA-10:08`

Ana Lúcia

A noite foi tranquila. Fiquei aqui no hospital com o Mateus. Combinei com a tua vó pra ela vir pra cá ali pelas 11h, aí vou pra casa, tomo um banho, descanso. Volto pelas 16h, aí você pode visitar teu irmão sem risco nenhum. Estou cansada, com sono, mas feliz por ver que o Mateus está se recuperando bem da cirurgia. Sabe, ontem à noite, no silêncio não tão silencioso do hospital, fiquei pensando nas tantas escolhas que fiz na vida. Algumas escolhas-escolhas, ou seja, eu mesma quis, como ficar com o Lucas apesar das tantas críticas e renúncias a que fui obrigada. Só minha mãe foi esteio, foi porto seguro a dizer que minha escolha traria sofrimento para muita gente, mas que me apoiava. "O amor merece que o escolhamos", ela disse. Nos momentos mais difíceis, de maior saudade, eu sempre lembrava dessas palavras de tua vó. O amor. Mas como estava dizendo há também escolhas-não-escolhas, aquelas a que somos obrigados por outros. Ficar longe de você, por exemplo. Ontem, também aproveitei para "estalquear" (é assim que se fala?) teu Facebook mais uma vez. Vi fotos de você e teus amigos. Há uma no pátio da escola em que há mais três garotas e dois garotos contigo. Vocês riem felizes, desconhecedores de que o futuro sempre pode trazer algo não bom. Quando se tem 15 anos (ou se está perto de ter), rir é bem mais fácil. Mas queria te falar de um garoto que está na foto, o Daniel Hu. Olhinhos asiáticos. Muito bonitinho. Ele te olha com um olhar tão terno, tão apaixonado. Você já reparou? Olha a foto com atenção. Aí você me fala do Joaquim, desse encontro feliz, de teu amor pelo Chico Buarque, você é mesmo uma guria especial. Te amo mais ainda. Quanto a meus gostos musicais, te confesso que Lucas me tornou mais eclética. É sempre bom ter a mente aberta à diversidade. Curto de tudo um pouco: MPB, clássico, Beatles, Stones. Ah, amo Bethânia e a gaúcha Adriana Calcanhotto. Não perco *show* delas. Gosto do Johnny Hooker também. Conhece? Beijo. E não se esqueça de rever a foto com o Daniel Hu. Ele é teu colega de classe? *P.S.*: O Mateus está louco pra te rever.

1 ABR-QUA-12:12
Marina

Nossa!!!! Vou correr pra ver o Mateus, faltou só o endereço. Joaquim desmarcou comigo, a gente tinha pensado em ir ao cinema, mas eu falei aqui para Michelina e Alice que vou mesmo assim, sozinha ou com uma amiga. Michelina apoiou na hora, ela é superfeminista e vai adorar quando eu contar histórias de minha bisavó. Preciso do endereço do hospital, não esquece... E que história é essa de você conhecer o Hu? Ele estuda na minha classe, sim, mas nunca reparei se ele me olha de um jeito especial... Será que você conhece mais sua filha do que eu mesma me conheço? Beijo, mãe.

1 ABR-QUA-12:14
Ana Lúcia

Ah, desculpa. É o Instituto de Oncologia Santa Paula. Avenida Santo Amaro, 2382. Beijo, filha.

1 ABR-QUA-12:15
Marina

Nossa!!! Acho que é nas lonjuras. Vou chamar um carro com o aplicativo. Um beijo. Descanse um pouco, tá?

2 ABR-QUI-00:54
Ana Lúcia

Vou te contar algo, melhor que saiba por mim. Hoje, fiquei na frente do hospital, no café do outro lado da rua, só aguardando você chegar. Foi muito lindo te ver descendo do carro, meio apressada (desculpa ter passado o endereço muito em cima do horário), correndo ao encontro do teu irmão. Você toda linda de blusa preta, saia toda colorida. E teus cabelos, guria, que novidade foi essa? Coisa da Alice e da Michelina? Vontade de mudar? Teu pai e a Luciana já sabem? Eu achei lindo, diferente. Quando eu era jovem, gostava também de ousar. E aposto que o Daniel Hu vai amar... Ah, quer dizer que tu nunca notou aqueles olhos cheios de luzes voltados pra ti? E o tal Joaquim, já deu sinal de vida? Marcou outro cinema? Eu, se fosse você, convidava era o Hu prum cinema. Mas não sou. Aí fico aqui curtindo uma série, enquanto teu irmão dorme. Ah, nem te conto a alegria dele com a tua visita. Quando o Tom esteve aqui, e depois o Fred, e no final da tarde o Josué Martins (é o melhor amigo do teu irmão, eles fazem natação e esgrima juntos), ele só repetia, um sorriso enorme no rosto: "A minha irmã teve aqui me vendo hoje. A gente conversou bastante. Ela tá cum cabelo irado, muito tri". Coisa mais linda eu perceber essa sintonia entre vocês. Amanhã, o dr. Edgar me falará sobre a necessidade ou não de químio. Aí te dou notícias. Já tá tarde, estou com sono. E teu pai, ainda em Porto Alegre? O Felipe está mais tranquilo? Criança pequena até se adaptar a viver fora da barriga demora um monte, mexe bastante com a rotina familiar, tudo vira um caos. Mas, acredite: um dia acalma. Duas últimas coisas. Primeira: você me perguntou sobre teu pai não ter permitido que a gente se visse quando eu voltei de Portugal. O fato é que, quando saí de casa pra viver com o Lucas, contei tudo a teu pai. Não fugi. Disse que te levaria comigo, mas ele não permitiu. Crianças para saírem do país, creio que você sabe, precisam da autorização do pai e da mãe. Ele queria me pressionar para que eu não fosse. Mas eu não podia não ir. E para garantir que eu ficasse longe, teu pai deu parte na polícia, alegou abandono de lar, requereu tua posse e guarda. Foi isso. Segunda: mesmo sabendo que foi por engano, que você não queria escrever aquilo, quero te dizer mais uma vez que eu amei quando você me chamou de mãe. Te amo, Marina.

`2 ABR-QUI-11:44`

Marina

Eu sabia que você ia espionar. Senti um frio na barriga quando desci do táxi na porta do hospital. Pensei em procurar por você. A certeza de que seus olhos estavam por perto. Eu também tenho pensado muito em como eu agiria no seu lugar. Mas é muito difícil tudo isso. Eu não concordo em nada com a atitude do meu pai avisando a polícia como se você fosse me roubar e me levar para Portugal. No meio dessa confusão toda, eu fui a maior prejudicada. Conversei com minha avó Lara sobre isso, mesmo que rapidinho, no hospital, enquanto o Mateus comia cinco gelatinas. Aliás, saiba que ele suborna as enfermeiras com abraços, viu? E ganha gelatinas extras. Moleque encantador. Minha avó disse pra eu te dar uma chance, ela pediu, na verdade. O Mateus pediu junto. E eu estou considerando que merecemos. Embora eu tenha muito medo.

Aconteceu uma coisa ontem à noite com meus pais. O Felipe teve um probleminha de saúde, minha mãe resolveu ficar em Porto Alegre por mais tempo e o pai está voltando para casa sozinho, deve chegar daqui a pouco. Essa mudança toda de planos fez com que eu desistisse de ir ao cinema depois do hospital. Já estou na minha casa e vou buscar minha mala e Dona Mercedes mais tarde.

Então, só que nessa de ir até o hospital, aconteceu uma coisa que eu não tinha me ligado. O aplicativo está no cartão do pai e ele recebeu uma mensagem da viagem que fiz. Pronto. Ligou desesperado perguntando o que fui fazer no hospital. Eu falei que estou bem e que contava depois o que aconteceu. Agora, eu vou ter que falar a verdade mesmo. Se ele não gostar, paciência. Não consigo mentir nem tenho motivos.

Mãe, olha, tem outra coisa, pode ser bobagem, mas a minha outra mãe, a Luciana, está num momento difícil e eu me sinto traindo a confiança dela. Preciso contar tudo.

Espero que você me entenda. E torça por mim.

O Mateus disse que quer ir para casa. Eu também quero que ele vá, curado de uma vez.

Mande notícias do médico. Ah, e esqueça essa coisa de me arrumar namorado. Sou um bicho da caverna, lembra? Um bicho da caverna e quase sem cabelos agora. Tem mais essa para o pai acostumar...

2 ABR-QUI-12:49
Ana Lúcia

Há muita turbulência no momento, Marina. A doença de teu irmão, o momento difícil pelo qual a mulher de teu pai está passando. Talvez seja melhor aguardar um pouco mais para que ele saiba que vivo em São Paulo e que nos reencontramos, mesmo que virtualmente. Temo que ele queira fugir com você mais uma vez. Hoje eu não conseguiria ir atrás.

Mais tarde terei consulta com dr. Edgar. Ah, quanto a teu pai, é só uma sugestão. Faça como julgar melhor. Afinal, amo ter uma filha que seja um bicho solto.

2 ABR-QUI-14:48
Marina

Obrigada pelo conselho, mas o pai não é assim tão doido. Eu vou conversar com ele e avalio o que posso contar até agora... Mas não vou mentir. Não me peça pra fazer o que vocês fizeram lá atrás, escondendo de mim a minha história. Conversei com Michelina, ela é psicanalista. Contei a história toda e pedi sigilo profissional, apesar de eu não ser paciente dela. Michelina disse que vai me ajudar a pôr as coisas em ordem na cabeça. E eu estou mais tranquila agora que contei pra alguém.

Ah, o cabelo foi a Alice. Ela é estilista, trabalha com alta-costura e também sabe cortar cabelos. Só não tive coragem de fazer mechas, porque eu sou um tanto contra químicas, sou natureba, vegetariana convicta e tals. E você, como você é? Tanta coisa pra sabermos uma da outra, né?

Mande notícias, por favor.

2 ABR-QUI-16:03
Ana Lúcia

Marina, com certeza, você conhece melhor o teu pai do que eu. Eu até achava que o conhecia, achava. Porém, embora não o perdoe por ter me obrigado a te ver à distância, entendo seus motivos: estava triste, magoado, me atacou onde eu era mais frágil. Enfim, a vida é uma surpresa constante. Eu mesma me surpreendo contigo, te vendo uma guria tão certa de tuas convicções, tão decidida, tão livre para cortar radical sem te preocupar com o que os outros poderão dizer, tão convicta em relação a uma alimentação saudável. Gosto de te saber também consciente de tua feminilidade e de estar atenta às lutas femininas. Herança da tua bisavó Mercedes? Quem sabe? Uma mulher deve sempre saber estar à frente de suas necessidades, não só as pessoais. Somos pessoas que vivem no coletivo. Lutar por questões coletivas é essencial. Aliás, ser vegetariano creio que tem um pouco de olhar para fora de si também, incluindo os animais neste mundo tão olhado do ponto de vista apenas do ser humano. Te apoio, estou contigo. Todavia, não sou uma vegetariana; sou, digamos assim, simpatizante. A Gil é vegetariana. Aprendo muito com ela. Por vezes, vou a restaurantes vegetarianos. Por vezes, fico um bom tempo sem comer carne. Frango já não como mais. Nem embutidos. Da carne, no entanto, ainda não consegui me libertar. Estou a caminho, acho. Quem sabe não será tu a me auxiliar nessa passagem da simpatia para a adesão ao vegetarianismo? Topa esse desafio?

Ah, há pouco me reuni com o dr. Edgar. Ele vai dar alta para o Mateus no final de semana, sábado, acho (nossa, vejo pela janela do quarto, enquanto o Mateus lê, que vem tormenta aí: o céu escureceu de um cinza pesado, mas lindo. Deve chover forte). Teu irmão teve um pequeno pedaço do pulmão retirado, assim terá que fazer umas sessões de fisioterapia. O doutor também optou por fazer algumas sessões de rádio. Ele disse que o tumor foi retirado, que a área lesada era relativamente pequena, que agora está tudo limpo. A rádio é mais uma medida preventiva. O que me incomoda são os efeitos colaterais que poderão advir. Mas melhor prevenir, disse sua vó, quando a consultei. Fred disse que, se fosse com o Tom, evitaria a rádio. Acha que os males são piores que os benefícios. Gil já pensa diferente. Mamãe também. E eu meio dividida: O que você acha que devo fazer, Marina? Estou meio perdida. Quero o Mateus saudável logo. Não quero permitir mais danos a ele. Beijo. A chuva já começou...

2 ABR-QUI-19:43

Marina

Chove por aqui. Lá fora e nos meus olhos, pensando no Mateus. Vou pesquisar o que podemos fazer para ajudar com alimentação natural. Eu sei que ele é criança, mas o Mateus parece tão maduro que eu acho possível ele topar fazer uma dieta saudável com algum bolo de chocolate, porque ninguém é de ferro. Tem até uma nutricionista na Vila Mariana que é especialista nisso. Vi numa reportagem. Se o Mateus entrar nessa de ser mais natureba, você pega carona e a gente vira uma família toda verde. Que tal? Olha, se eu fosse a paciente, gostaria de tentar sem a radioterapia. Sei lá. Mas não sei nada de medicina. Sou apenas uma adolescente. Papai chegou tão cansado e com coisas de trabalho que parece ter esquecido o lance do hospital, e a conversa ficou para depois. Agora ele dorme no sofá. Dona Mercedes está de guarda no tapete. Vou te escrever assim que eu falar com ele. Por favor, não tenha raiva do meu pai. Eu também estou repensando meus sentimentos e dando uma chance para nós duas. Um beijo.

2 ABR-QUI-21:19

Ana Lúcia

Olha, Marina, tudo é válido numa hora destas. A ideia de buscar uma terapia alternativa pro Mateus já tinha sido pensada por mim. A Gil é adepta dessa linha de ação: usa argila para infecção, usa casca de banana, babosa, própolis, enfim. Ela me falou do suco de uma planta. Mal não faz, com certeza deixará o Mateus mais forte pra enfrentar as sessões de rádio. Sim, decidi que ele fará as três sessões recomendadas pelo doutor. Ficarei mais tranquila, acho. Parece que apenas três sessões não acarretam consequências tão terríveis, como a queda de cabelos – se bem que (e o doutor frisou bem) cada caso é um caso, cada corpo é um corpo, cada Mateus é um Mateus. O Josué Martins, aquele amigo do Mateus, que esteve aqui no hospital, eu te falei dele, lembra? (Aliás, tenho que perguntar pro Mateus por que ele chama o Josué pelo sobrenome também. Josué é nome tão atípico. Será que tem dois Josués na sala dele? Não consigo crer!). Bem, ele disse que tem um primo que fez químio, cinco sessões. Não perdeu cabelo, não vomitou. Só ficou meio fraquinho. Enfim, tenho dúvidas ainda, acho, e escrevo tudo isso pra me convencer. Não, não, já estou convencida, já estou. Quer dizer, acho que estou. Quanto a não ter raiva do teu pai, confesso que agora já não tenho mais, sobretudo quando percebo que ele te criou bem (claro que a esposa dele deve ter ajudado bastante). Sabe que dia desses vi uma foto dela no teu Facebook. Achei-a bem parecida comigo. Pelo visto, teu pai gosta do mesmo biotipo feminino. O Lucas não. Muito diferente do teu pai: solto, alegre, cabelos crespos, olhos grandes, de cílios grandes, pele clara, poucos pelos. E um sorriso, Marina, um sorriso de iluminar a sala mais escura. Às vezes, creio que serei sempre a sua viúva. Já tive namoricos, mas nada muito sério. Agora, tem o Fred. Gosto da companhia dele, mas ele, eu sei, não é o Lucas. E eu nem quero que seja. Não quero. Gostaria mesmo, depois que o Mateus se recuperar, de poder viver uma nova vida. Poder ser tua mãe de verdade, assumir um pouquinho que seja esse papel que me foi roubado pelas contingências da vida. E quem sabe um novo amor. O Fred? Acho que não. Por falar nisso, tu acredita que o dr. Edgar flertou comigo hoje? Nossa, menina, fiquei toda sem graça. E ele notou. E estou sem graça agora, falando essas coisas tão íntimas pra uma menina que ainda tem muito a viver e que, por "coincidência", é minha filha. Beijos. O Mateus diz que já está com saudades. "Pergunta pra mana quando é que ela vem me ver de novo. Ah, manda beijo pro Felipe, meu irmão por tabelinha". Tua vó também deixou um beijo pra ti (o que não é novidade, né?).

`2 ABR-QUI-21:23`
Ana Lúcia
Ah, você está conectada. Vi que já visualizou.

`2 ABR-QUI-21:23`
Marina
Estou. Acabei de voltar do parque com o pai. Fui caminhar e conversamos.

`2 ABR-QUI-21:24`
Ana Lúcia
Estou com teu irmão, no hospital. Passarei a noite aqui. Acredita que ele já terminou de ler o livro que você deu pra ele? Só fala no rei Artur e na Excalibur. Passei numa livraria. Comprei um do Júlio Verne (eu sempre amei as aventuras do Júlio Verne quando adolescente): *Vinte mil léguas submarinas*. Você já leu? Gosta do Júlio Verne?

`2 ABR-QUI-21:24`
Marina
Tenho muito para falar. Depois te escrevo, do meu quarto. O clima pesou aqui em casa.

`2 ABR-QUI-21:25`
Ana Lúcia
Certo, vou ler aqui com teu irmão. Ele gosta de leitura em voz alta. Eu leio uma página, ele outra. Te cuida. Tenta ficar leve. Beijo.

`2 ABR-QUI-21:25`
Marina
Manda beijo pro mano.

`2 ABR-QUI-21:26`
Ana Lúcia
Pode deixar.

`2 ABR-QUI-21:26`
Marina
Se prepara para textão... A coisa ficou realmente ruim aqui em casa.

`2 ABR-QUI-21:27`
Ana Lúcia
Ah, Marina. Ando tão dura pra vida. Não te preocupes. Escreva o que tiver que me dizer.

`2 ABR-QUI-21:27`
Marina
Já volto aqui para escrever e contar o que houve. Responda quando puder, eu sei que o Mateus precisa de você.

`2 ABR-QUI-21:27`
Ana Lúcia
A gente nunca tinha falado assim: uma escreve, a outra responde. Fico te imaginando aqui, ao meu lado, a gente trocando ideias, dores, emoções. Responderei. Se eu puder. Boa noite.

`2 ABR-QUI-21:29`
Marina
Isso vai acontecer um dia. Todos nós juntos. Antes do que eu pensava. Beijo. Boa noite, mãe. 😌

2 ABR-QUI-21:29
Ana Lúcia

Adoro esses bichinhos. Um dia me explique onde os consigo e como faço para colocá-los nas mensagens. Beijinho. A Gil escreve "Bjipm".

3 ABR-SEX-07:16
Marina

Acabei dormindo depois da nossa troca de mensagens. Tomei um banho, caí na cama pesada de pensamentos, e desmaiei. Da conversa com meu pai, a longa conversa, vou contar o que importa. Parece que ele desconfiou de alguma coisa porque antes que eu começasse, já disparou: "Você começou a mentir pra mim, é? O que você foi fazer em Santo Amaro, num hospital? Isso tem alguma coisa a ver com aquela lá". Daí, não aguentei. Respondi primeiro que "aquela lá" é minha mãe e que eu tenho o direito de conviver com pai e mãe. Ele ficou pálido e eu, sei lá, não perdi a coragem e contei tudo. Falei que você me escreveu, que eu não respondi nem de primeira, nem de segunda, nem de terceira; falei que fui ríspida e que até a tratei mal, mas que ao mesmo tempo eu queria saber de você. Falei da bicicleta vermelha que eu nunca soube que era presente da avó Lara, e da medalhinha *Agnus Dei* que foi da Mercedes, e que ele nunca me deixou saber dessas coisas. Falei que tenho um irmão e que ele está doente e que eu quero estar ao lado dele. Fui contando, dizendo como eu me sentia confusa e que eu tentava entender os dois lados. Ele gritou comigo, perguntou se eu ia descartar Luciana de mãe. Nossa, eu fiquei com muita raiva e não pensei se iria magoá-lo ou não, mas respondi que eu nunca fui consultada sobre quem seria minha mãe e que, embora eu ame muito a Luciana como mãe, quero reencontrar minha história por inteiro e resolver se terei relacionamento com minhas duas mães, porque isso é meu direito, e uma coisa não tem nada a ver com a outra. Pra completar, eu estava nervosa e soltei: "E agora nem adianta chamar a polícia, mudar de cidade, viu?". Aquilo foi o ponto final. Ele abaixou a cabeça. Eu me arrependi na hora, mas não tive coragem de pedir desculpas. Acho que exagerei, mas não deu para aguentar. Cara feia, não jantamos. Cada um pra um lado. Pela primeira vez, dormi sem dar boa-noite para o meu pai. Mesmo quando estamos longe, o boa-noite sai, por mensagem de texto, ligação, videochamada. Dessa vez ficamos sem.

Acordei supercedo para ir nadar no clube, 6h da manhã. Encontrei o pai na cozinha tomando café. Ele me disse bom-dia, pediu desculpas por ter se exaltado comigo. Pedi para conversarmos em outra hora. Fiquei com medo de que ele quisesse ir atrás de você. Mas isso não vai rolar.

Tudo está muito difícil, mas confesso que agora estou leve como uma pluma. Detesto enganação. Eu podia ter contado sobre nós antes. Mas (você já me disse que sempre tem um "mas"), tinha o Felipe recém-chegado dando canseira neles, tinha o receio da reação dos dois, tinha eu querendo saber até que ponto a nossa conversa ia... Não prejudiquei ninguém com isso. Meu pai pode ficar chateado agora, mas terá que entender que eu precisava lidar sozinha com a decisão de falar ou não com a minha mãe.

Bom, é isso. Mande notícias da saída do hospital e conversamos melhor mais tarde, tá? Quero falar sobre as outras coisas que você me escreveu, agora não dá tempo.

Ah, escrevi para minha mãe antes que meu pai conte. Ela leu a mensagem e já me deixou tranquila. Vamos falar por vídeo hoje, alguma horinha quando o Lipe estiver dormindo.

E papai não elogiou muito o cabelo porque não estava no clima. Mas acho que gostou.

`3 ABR-SEX-13:08`

Marina

Então, diz se já está em casa com o Mateus. Torcendo pra que sim.

Vou responder atrasado a pergunta: gosto muito de Júlio Verne. Ele foi incrível. Sabia que ele foi obrigado pelo pai a estudar Direito? Ele não queria, mas o pai era advogado e não aceitou que o filho escolhesse algo diferente. Inclusive, o pai dele mandou o filho para estudar em Paris e ele entrou para o teatro e virou amigo de Alexandre Dumas! Depois, ele viajou pelo mundo todo, de barco, de nave espacial, de submarino, tudo isso nas suas obras de ficção. Meu livro favorito, acho que é *Volta ao mundo em 80 dias*. Parece um recorde, uma aventura impossível e uma liberdade incrível.

Tenho uma versão da *Volta ao mundo* em quadrinhos. Vou levar para o mano de presente. Os livros ajudam a tirar a gente do lugar, e muitas vezes isso pode significar a saída de todos os problemas.

Quanto ao tratamento do mano, eu acho que você decidiu certo. Não precisa correr risco, né? Que bom que o amigo Josué Martins foi dar uma força. Os amigos são tudo. Eu tenho uma turma bacana na escola e no clube, mas sou muito reservada para trazer gente aqui em casa. Tenho duas amigas que são mais chegadas, Claudinha e Cris, duas doidinhas bem legais. As duas estão viajando de férias, voltam domingo. Segunda vamos comemorar o aniversário juntas. E eu vou poder contar tudo que aconteceu nesse mês entre nós. Guardei a notícia para contar pessoalmente. Sou assim.

Stalkeando seu face, vi fotos suas mais nova, uma delas comigo no colo. Deu um aperto bom no coração. Que bonitinha eu te olhando! Parecia encantada por uma fada. Verdade, você e mamãe são um pouco parecidas, mas a Lu tem uma coisa diferente, é muito tímida, enquanto você é toda simpática nas fotos. Acredita que meu pai foi o primeiro namorado da minha mãe? Sim, ela só tinha ficado com um carinha até conhecer o pai. Para sorte dela, ganhou pacote completo, combo pai e filha. Quer dizer, sorte eu não sei... Eu acho que já disse algo sobre, mas foi muito importante para mim ter uma mãe tão carinhosa na infância. Já falei que eu tinha pesadelos horríveis? Ela ficava na cama, contava histórias, cantava, até eu dormir. Agora, com a chegada do Felipe, eu não tenho tido tanta atenção. Normal. Na verdade, desde a gravidez, a gente ficou mais distante. Depois, Lipe nasceu, a vida mudou muito, ela deu um tempo do trabalho na escola e vamos ver como tudo se ajeitará.

É bonita sua história de amor com Lucas, eu nunca disse isso porque... bem, você sabe. Acho que o amor não escolhe hora mesmo, acontece. A gente vê isso nos livros, nos filmes... Algumas pessoas torcem para viver um grande amor. Espero que isso aconteça comigo. Até agora, parece que eu não me interesso nisso. Gosto de estudar, ler, nadar, correr e viajar por dentro e por fora. Sou meio Júlio Verne. Kkkkkk Quem me dera ser Júlio Verne, ou, ainda melhor, Angela Davis!!! Já pensou ser uma escritora tão sensacional? Aliás, este ano eu queria ir para a França fazer um estágio do curso de francês. Ficaria um mês em julho. Depois, voltaria no ano seguinte, um ano de intercâmbio. Mas repensei tudo isso por causa da gente, do Mateus, do Lipe e dos gastos que aumentaram sem minha mãe trabalhar. Aqui no Brasil eu já estudo numa escola legal, posso frequentar o clube, fazer cursos. Queria que todo mundo tivesse essa chance.

Outra coisa que descobri stalkeando seu face: vi uma foto do Fred com o Tom e você com o Mateus numa praça, com outra família junto. Agora a coincidência: aquela menina na foto é a Claudinha, minha melhor amiga! São os pais dela, Antônio e Eliseu. Eliseu também é amigo do meu pai. Olha isso! Mundo pequeno. Deduzi que eles são amigos do Fred, porque, se não fosse assim, você já saberia que eles são amigos nossos. O mundo é um ovo. Tá vendo como eu fiz bem em contar a verdade? Aliás, o papai está mais calmo, disse que não vai se meter na nossa relação. Achei bom.

Um beijo grande. Espero que logo estejam em casa. Vou cozinhar hoje. Ceviche vegetariano. Sim, de abobrinha! Vou fazer na sua casa, agora que compartilharemos receitinhas saudáveis, eu, você, a vó e o Mateus (que é bom de garfo igual à irmã).

3 ABR-SEX-17:18

Ana Lúcia

Olha, doidos todos somos. Em maior ou menor grau. Ceviche vegetariano? Fiquei curiosa.

Bom, Marina, sim, estamos em casa. Agora está chovendo, teu irmão está tranquilo, está vendo uma série com o Tom. Pelo que percebo, aqui meio de longe, é a história de uma heroína meio marginal. Creio que daquela espécie de mulher empoderada e tal. Fiquei meio a fim de assistir também, mas eles já estão no episódio 3. Ah, é Jéssica Jones o nome da heroína, perguntei pra eles agora. Olha, não lembro bem da Claudinha, creio que é filha de um casal bastante amigo do Fred (moram no mesmo edifício, se conheceram quando os filhos, o Tom e a tua amiga, eram colegas de pré-escola. Acho até que o Fred é dindo dela ou os pais da Claudinha são dindos do Tom. Não lembro bem, pois não convivo muito com eles. Lembra? Eu e o Fred não somos namorados). Mas, pode deixar que logo, logo pergunto pro Tom. Só não quero interromper o seriado deles mais uma vez. O Tom e o Mateus, apesar da diferença de idade, são bem amigos. O Fred vive dizendo: "Olha só, nós nos damos bem, nossos filhos são amigos, por que não unir tudo numa casa só?". Te confesso que tenho pensado nisso, sabe? Ando cansando de ser sozinha. Adoraria ter um parceiro para trocar ideias, para me trazer um café na cama, para me afagar o cabelo nos momentos de tristeza, para me amar. Porém não quero ser egoísta (de novo!) e pensar apenas em mim. Não quero que Fred mexa em toda a sua vida e, de repente, eu perceba que não o amo o suficiente para dividir minha vida com ele. Não sei. Ah, como te falei, serão três sessões de radioterapia. A primeira será amanhã. Mas falemos de coisas menos pesadas. Segunda você fará 15 anos. Parece mentira, hein, Marina? Quinze anos! Ah, que lindice! Espero que você possa curtir muito com tuas amigas, com teu pai. Enfim, com quem te quer bem. De repente, o Daniel Hu... Aliás, e o tal portuguezinho? Sumiu? Você nunca mais falou nele. Um dia, quando eu tinha 15 anos, eu estava sentada num banco da escola, no pátio. Estava distraída, lendo um livro policial (eu adorava as histórias da Agatha Christie), aí um garoto de outra turma, um carinha que todas as minhas amigas achavam lindo, o gato da escola, sentou-se ao meu lado e disse "oi". Eu achei bem estranho aquele cara ali, mas não liguei muito. Segui mergulhada na Agatha. Aliás, eu nunca o achei o mais bonito. Preferia um ruivinho, amigo dele, sardento, fofo. Tão lindinho que nem lembro mais o nome. Veja como o amor adolescente é efêmero... Mas do gato que sentou ao meu lado eu nunca esqueci o nome. Era do tipo esportista, pele morena de sol, presidente do grêmio de alunos, enfim, o bonito daqueles filmes de adolescentes da sessão da tarde. Pois ele estava ali, sentado ao meu lado, minhas amigas depois me disseram que, da cantina, ficaram me olhando e morrendo de inveja. E eu nem me dando conta do que se passava. Pois o tal garoto puxou assunto, disse que amava livros policiais, sobretudo os da Agatha Christie, que já tinha lido *E não sobrou nenhum!* oito vezes e *A casa torta*, cinco. Disse que eram seus livros preferidos. Aí depois falou que eu era a guria mais interessante do colégio e que se eu permitisse, se eu quisesse também, ele adoraria me dar um beijo. Acredita? O nome dele era Daniel. Daniel Silva. Lembrei disso por causa do Hu. Será que a história se repete sempre ou podemos fazer dela o que quisermos? Ah, estranhei a reação de teu pai. Em outros tempos, teria ficado furioso comigo. Bju.

P.S.: Andei lendo umas matérias sobre vegetarianismo. Falava de uma planta, ora-pro-nóbis, dizia que ela tem muita proteína, que comer quatro folhas dessa planta equivale a comer um bife. Fiquei impressionada. Fiquei achando que talvez seja mesmo o ideal se alimentar sem provocar sofrimento a animal algum.

3 ABR-SEX-17:18
Marina

Mãe, você me surpreende. Eu fico imaginando você na adolescência, sabe? Descolada pra caramba, falando com as pessoas. Eu sou tímida com esses assuntos de namoro. Nunca namorei. Mas já fiquei. Você era bonita e confiante, acho que isso faz muita diferença. Mas, afinal de contas, você beijou o bonitão ou não? Fiquei curiosa... Queria ter tido você de amiga adolescente, acho que eu ia me divertir com suas maluquices. Como eu disse, só tenho duas amigas mais chegadas que frequentam aqui em casa, dormem de vez em quando (mas eu não costumo dormir na casa delas porque sou meio, sei lá, gosto da minha cama). A Claudinha, principalmente, é mais atirada com esse lance de namoro, de ficar. Mas eu sou um fiasco. Nunca acho que estão interessados em mim. Acho que me falta confiança nisso.

Você tem razão com relação ao meu pai, ele revelou um lado que eu desconhecia. E eu não estou gostando de como isso tá rolando, sabe? Ele ligou pra mãe, contou a versão dele e encheu a cabeça dela. Ela me ligou de volta completamente perdida, chorando, dizendo que eu tinha mentido. Ainda bem que com ela eu consegui me entender, pelo menos por enquanto. E, sinceramente, não entendi por que o pai fez isso. Tô trancada no quarto. Acabou o meu final de semana e talvez eu passe o pior aniversário de todos os tempos. Que raiva disso!

Ah, eu preciso falar depois de uma coisa com histórias de detetives e Agatha Christie, são tantos assuntos que a gente tem, né, mãe? Isso tá muito legal, viu?

Olha, eu não conheço essa verdura que você falou, mas pesquisei na internet umas receitas. Se você achar para comprar, pode deixar um pouco pra mim? Posso experimentar quando for até aí. Acho que um bolinho disso deve ficar bem bom e o Mateus vai gostar. Quero muito que meu maninho fique forte para suportar as sessões de tratamento sem traumas. Não quero que ele sofra. Isso me dói.

Beijo, mam, vou começar a te chamar assim, para ser só seu o apelido.

3 ABR-SEX-20:24

Marina

Saí do quarto pra comer um sanduíche. Passei umas horas lendo, estudando, ouvindo música. Até assisti a um pequeno documentário sobre Frida Kahlo que eu achei sensacional. Deu vontade de ler a biografia dela.

Meu pai? Continua imóvel no sofá com um livro na cara. Voltei para o meu quarto e vou ficar por aqui até amanhã de boas. Acho melhor manter distância, por enquanto. Vou assistir a algum filme no *notebook*, eu e Dona Mercedes. Aqui a gente não tem televisão no quarto, nem na sala a gente usa muito. Só para ver filme, mesmo.

Ah, mam, meu pai sacou isso do nome da gata, e voltou a chamá-la de Milady. Só pra me provocar. Acho que meu pai tá meio bobo, enciumado. Isso ele vai ter que trabalhar porque é irreversível, eu não vou me privar de viver minha história com vocês.

Olha, na tarde de hoje, eu estava pesquisando poetas mulheres na net e fiquei pensando em como eu escrevo. Gosto muito de escrever crônicas contando coisas comuns da vida e da adolescência. Mas a poesia é outra paixão minha. Eu nunca mostrei nada pra ninguém dos meus poemas, mas vou colar aqui o meu último poema. Acho que é triste. Eu gosto disso na poesia. Sabe, um poema pode quebrar a cabeça da gente ou arrancar o coração, mas mesmo assim serve de alívio. Por favor, diga o que você achou do poema, mesmo que seja uma crítica para eu melhorar. Não precisa elogiar só porque sou sua filha, tá?

Eu não sabia onde andavam seus passos:
triste ou alegre, você seguia sem mim
eu sem você.
Antes, era você adormecida
no meio da floresta sombria,
e as folhas secas cobriam o caminho.

Foi por sorte, ou por amor,
que o vento soprou forte
e trouxe a promessa de futuro:
seu nome escrito no papel.

4 ABR-SÁB-09:41
Marina
Mam, já passou um tempo desde nossa última conversa e aconteceram coisas horríveis aqui em casa. Não sei se sua ausência é por causa do Mateus, se aconteceu alguma coisa, ou se já perdeu interesse em mim. Desculpa pensar isso, é que estou me sentindo muito sozinha, sem saber como fazer para falar com meu pai. Ele nem olha na minha cara. Resolveu me tratar com frieza. Deve estar muito chateado, mas eu não acredito que eu tenha agido mal com ele. O que você acha?

Ao menos eu conversei com minha mãe e ela me acalmou, disse que o pai deve estar enciumado e é só isso, falou para eu ficar em paz e seguir meu coração.

Ah, no final da minha conversa com mamãe, ela me disse assim: "Eu não conheço sua outra mãe, só conheço a história dela contada por um homem que estava magoado". Eu não falei que dona Lu era sensacional? Ela é. Pena que agora ela está numa fase meio tristinha, acho que dominada pelo cansaço. Mas ela é forte, né? Vai conseguir passar por isso e voltar a ser mais leve. Você também é forte. O Mateus está bem? Você está bem?

O poema que escrevi, mãe, foi pra você.

4 ABR-SÁB-18:17
Ana Lúcia
Marina, Marina, mas que poema mais lindo. E que surpresas boas: você poetar e o poema ser para mim. Há nele um tanto de tristeza, a vida é mesmo um entristecer-se e felicitar-se constante. Sabe, às vezes, costumo

comparar o viver com uma gangorra. De um lado, as alegrias, as conquistas, os sucessos; do outro, os males, as tristezas, nossas tantas frustrações. Por vezes, da feiura podemos tirar beleza, como tu fez com esse teu poema. A tristeza, o sentimento de abandono, vertido em palavra e estendendo pontes. Lindo, filha, muito lindo.

Viver tem seu tanto de morte também. Acho que morri algumas vezes em minha vida. Morri quando tive de te deixar, morri cada vez que ouvi alguém dizer ou sugerir que eu te troquei por um homem, morri quando teu pai impediu minha aproximação, morri quando Lucas saiu de casa e não voltou mais, morri quando tive que reconhecer seu corpo sem vida, morri quando o Mateus me perguntou onde estava o pai dele e eu não soube dizer outra coisa que não a verdade, morri quando descobri a doença do teu irmão. A gente morre, mas a gente também tem motivos pra ressuscitar, acredite. Teu poema é motivo bom para isso.

Já te disse que não condeno teu pai, não sei como eu agiria no lugar dele, só sei que jamais impediria que ele te visse. Tal ato quer punir quem nos magoou, mas não percebe que enche de mágoa o coração de quem mais se ama. Quando voltei ao Brasil (mamãe, eu intuo, me escondeu muita coisa), cansei de ouvir cochichos nos encontros familiares julgando minha decisão e do Lucas de vivermos nosso amor. Eu, se tivesse cedido à insistência do teu pai, teria feito quatro pessoas infelizes: eu, ele, você, o Lucas. Como manter um casamento, se eu estava inteiramente apaixonada por outro homem? Impossível. Tudo ficaria adormecido no meio de uma floresta, como fala teu poema. A separação era necessária. Outro caminho não havia, disso eu tinha certeza. Teu pai é homem bom, já te disse, mas não soube domar o coração ferido (e quem pode de verdade fazer isso?). Queria causar em mim dor igual à que sentia. Provocou dor pior ao afastar uma mãe de uma filha. Mas a gente sobrevive, Marina, se torna forte. A verdade pode ser mascarada, adiada, mas um dia ela vem. E que bom que você encontrou uma mãe que pôde me substituir, que bom. Sinto, sinto demais que teu aniversário se aproxime e você não possa curti-lo como deveria. Talvez eu tenha errado ao te procurar, ainda mais assim em data tão próxima dos teus 15. Porém, confesso, tinha a intenção de que você me aceitasse, que pelo menos me entendesse. E acho que a partilha de teu poema comigo parece ser uma fresta na porta. Eu gosto de pensar assim.

Teu irmão dorme, está se preparando para a sessão de radioterapia. O Edgar acredita que tudo correrá bem, ele irá avaliando. Mas teu irmão está fraquinho, meio debilitado. Hoje, não quis receber visitas. O Josué Martins telefonou, queria vir aqui com outros colegas, mas o Mateus pediu pra eu dizer que ele estava sem condições de conversa. O Tom também esteve aqui, o Fred, a Gil. Ele só deu um acceninho de mão. Não quis conversa, nem série, nem nada. Agora dorme e eu velo seu sono. Faço carinho no seu cabelo (a gente cortou bem baixo pra evitar algo mais drástico, caso comece a cair) e fico imaginando o que se passa na cabeça dele, por que caminhos de sonho ele anda? Eu sofro com ele, se ele sofre; assim como sofro contigo e com o que tu está passando aí em tua casa. Bom que a mulher do teu pai é mais compreensiva que ele, aí pelo menos você tem com quem trocar tuas dores. Nessas horas, a empatia é o que nos salva. Eu ando atrás de alguns botes salva-vidas para estender ao Mateus, a ti, mas não sei direito o que fazer. Às vezes, tenho vontade de voltar no tempo, de ser aquela adolescente ao lado de quem se sentou o guri que minhas amigas achavam o mais lindo de todos, o tal Daniel. Mas depois me vem a certeza de que cada época da vida tem suas dores e suas alegrias. Lembro da vergonha de ter um pai alcoolista e de, por isso, jamais levar meus amigos à minha casa. Aí também vinha a vergonha de sentir vergonha de meu pai. Até hoje por vezes acredito que eu poderia ter sido mão estendida pra ele, mas fui mágoa, fui vergonha, fui raiva. Hoje ele está morto, o Mateus não o conheceu, você também não. Peço perdão ao vento, todavia não sei se ele é capaz de levar minhas palavras até onde meu pai está. Escrevi demais. Ah, deixa te confessar algo: quando adolescente eu tinha um caderno de poemas, um diário onde registrava poesias. Ah, acho que já te falei sobre isso, não? Ando repetitiva, acho. Bju.

4 ABR-SÁB-18:55
Marina

Ninguém te substituiu, mam. Eu só tive sorte de ter mais da vida, recebi outra mãe. Quero que você saiba disso, porque eu tenho refeito minha his-

tória dentro de mim e isso faz sentido, agora. Lendo sua última mensagem, senti vontade de pedir desculpa por julgar sua ausência. É difícil sair do meu lugar, mas li e reli a mensagem, e na segunda leitura eu tentei pensar somente como mulher (a mulher que eu quero ser na vida, sabe?), não como filha. Olha, na noite de ontem eu tive medo de que você tivesse me abandonado e não quisesse mais continuar essa nossa nova fase... Acho que acabei pensando só em mim, enquanto você acompanhava algo grave que ocorre aí, a doença do meu irmão. Sinto muito por isso. Estou com vergonha. 🥺
Por aqui também comecei a perceber algo além de mim, do que meu pai descobriu sobre nós duas. Tem alguma coisa além acontecendo... Parece que o pai não tá bem com a mãe. A gravidez foi tensa depois da notícia de que Felipe tinha uma síndrome. E acho que também rola uma coisa do tipo "eu queria ter filho e você não" por parte da mãe. Os dois começaram a viver, desde que tiveram a notícia da síndrome, única e exclusivamente pra isso. Acho que esqueceram de cuidar deles, né? Digo, do namoro, da relação. Meu pai também é mais fechado, mais calado, e minha mãe não ajuda com isso porque ela deixa ele ficar mudo e não faz nada. Eu não me meto. A maioria dos meus amigos, se não todos, tem os pais recasados ou divorciados. Acho que só conheço o Daniel Hu, filho de um casal de orientais, chineses, que são casados desde o início do mundo, kkkkk, olha a exagerada. Os pais do Hu são superzen, calmos até demais. Daniel é budista. Fizemos um seminário no colégio, faz algum tempo, sobre histórias tradicionais de diversas culturas, e Dani contou uma história linda que é contada na família dele desde sempre. Não sei se me lembro bem, mas era sobre um monge que se colocava na frente de um rio com seus discípulos para explicar como ele tinha sabedoria ou conhecimento, não lembro ao certo. Então, o monge pegou uma peneira e mandou os alunos encherem ela com água do rio e trazerem até ele. Claro que ninguém conseguiu. Ficaram frustrados (ou acharam que o monge tinha ficado doido?). Depois, o monge se aproximou do rio e jogou a peneira lá no meio da água:

finalmente ela encheu. Lembro que todo mundo ficou com cara de ué. Daniel, aquela calma em pessoa, manteve a pose, sereno, implacável, um Buda. E eu comecei a rir e disse: "Gente, é preciso se jogar no rio, cair no fluxo!". Daniel deu risada. Imagina se algum monge iria dizer: "Se joga, galera, vai no fluxo!"

Contar essa história me deu vontade de conversar mais com o Hu... Enfim... Meu pai conversou comigo agora à tarde. Daquele jeito, meio rápido, meio sem mostrar emoções. Ele quis justificar as atitudes dele, do passado. Mas eu fui firme porque não concordo que ele tenha decidido me afastar da minha mãe. Isso fez mal pra mim, eu cresci acreditando numa versão da história.

Por outro lado, eu tentei respirar fundo e pensar que pode ser mesmo um momento ruim aqui de casa, em vários aspectos. Acho até que pode rolar separação, mesmo eu percebendo que os dois não querem, eles se gostam. Será que um casal pode brigar feio e mesmo assim ficar junto? Você teve brigas com o Lucas? Conta alguma coisa pra eu conseguir entender isso, por favor. Também quero saber como foi a história com aquele bonitão, Daniel, quando você tinha minha idade. Quero ter mais confiança nisso. Acho que eu acabo me afastando de namoro com medo de sofrer que nem meu pai sofreu. Hoje eu sei que você também sofreu... Eu não quero esse sofrer pra mim, entende? Aqui em casa, as coisas estão estranhas. Tô sentindo que minha mãe não quer mais viver em São Paulo. A diretora da minha escola é muito amiga da gente, insistiu pra minha mãe voltar a trabalhar no próximo ano. Também tem outra coisa, de repente ela acha melhor ir para Porto Alegre, mas a gente tem uma vida aqui, meu pai e eu. E ela! Meu pai está se comportando de um jeito que eu nunca vi antes. Tudo bem que ele sempre foi de poucas palavras, mas eu me dava bem com ele, a gente se comunicava. Agora, tá muito sério, silencioso, de mau humor. Acho que deve ter sido difícil namorar meu pai. Ao mesmo tempo, muito assunto na cabeça dele, coisa pra caramba.

Agora preciso saber de uma coisa nisso tudo: Você tem CERTEZA que quer que eu faça parte da sua vida daqui pra frente? De verdade?

4 ABR-SÁB-23:37
Ana Lúcia

Marina, Marina, há perguntas desnecessárias de serem feitas. E essa tua última é uma delas. Saiba que você sempre fez parte de minha vida. Nunca esqueci que tenho dois filhos: Marina e Mateus, meus dois M. Claro que entendo tua pergunta: você quer saber se te quero comigo fisicamente. Ah, seria a minha maior alegria poder dormir e acordar tendo meus filhos debaixo do mesmo teto que eu. E, como narra a velha fábula que teu Daniel contou, é preciso atirar-se, caso contrário não poderemos nos encher de experiências. Minha dúvida é se você, de fato, tem coragem e vontade de se atirar também ou se só está seduzida pela possibilidade de enfrentar teu pai. Não quero mexer na tua vida de forma que você possa se arrepender um dia. E digo isso porque não pretendo conviver com teu pai. Ele me maltratou muito te afastando de mim. Hoje não aceitarei mais nenhuma condição dele. Minha presença na tua vida e a tua na minha só depende única e exclusivamente de ti. Se você disser: Ana, te quero na minha vida, te quero presente, eu direi sim. E serei feliz. Acredite. Mas, quanto ao teu pai, quero distância dele. Já me trouxe tristeza em demasia. E te confesso que a atitude dele em relação à Luciana não me surpreende. Teu pai nunca soube lidar bem com qualquer situação que fuja do domínio dele, como nossa separação, por exemplo. Mas teu pai é problema teu. E não veja como egoísmo meu te dizer isso. Não. Se você resolver me aceitar plenamente em tua vida, tenha certeza que moverei mundos para que isso ocorra. Te amo, Marina. E quero poder experimentar esse amor de verdade. Atualmente é apenas sonho, possibilidade. Sinto muito que teu pai possa enfrentar outra separação, mas creio que essa será mais tranquila, já que Luciana não está trocando ele por um novo amor. Ela defende o direito de criar Felipe num ambiente saudável. Ela está certa. Para que encher o menino de mais sofrimento? Dizem que quem tem a síndrome do cromossomo XXI é extremamente sensível. Vai ver que teu irmão já sente que as coisas não estão boas e por isso acaba ficando intranquilo. E, falando em irmãos, o Mateus acordou melhor. Estava bem até há pouco. Tomou uma sopa, conversou, leu. De repente, gritou por mim, mas era tarde. Vomitou no chão, nos lençóis, em si mesmo. Ficou meio sem saber o que fazer e chorou muito. "Por que o choro, filho?", eu perguntei. "Ah, mãe", foi o que ele disse e soltou suspiro profundo. Ah, Marina... Você em plena adolescência, momento de experimentar as alegrias do viver e tendo que aturar uma mãe e um pai problemáticos, a doença do teu irmão, a possibilidade de se afastar de tua segunda mãe e do Lipe. Tudo muito injusto com uma guria tão especial como você.

Mas falemos de coisas mais amenas: o Daniel Hu, por exemplo. Tão bonitinho, tão apaixonado (uma mãe sabe, acredite, mesmo vendo apenas uma foto). Olha, filha, não tema abrir-se ao amor, tá? Eu amei teu pai, fomos felizes durante um bom tempo. Amei o Lucas e também fui feliz. Acreditava que seria para sempre, não foi, mas poderia ter sido. A gente só sabe se arrisca, se vive, se se permite experimentar dar e receber carinho. Sou fã do Daniel Hu, né? Tu já deve ter percebido. Beijos. Muitos.

`5 ABR-DOM-09:06`

Marina

Bom dia, mam. Fico muito preocupada com o Mateus, embora minha preocupação não sirva pra nada porque não resolve a situação. Em todo caso, diga para meu irmão que estou pensando nele o tempo todo. Peça pra ele se cuidar bem, comer bem, descansar. Dormir muito sempre ajuda a gente a ficar mais forte, né?

Confesso que li sua mensagem com um espinho me cutucando. Desde que contei sobre nós para o meu pai, ele repete pelos cantos que não quer saber de você, que eu me vire sozinha, que ele não tem nada a ver com isso. E eu fico me perguntando se ele esqueceu que vocês dois são meus pais e que os dois têm tudo a ver com a minha vida. Do mesmo jeito, acho que eu esperava mais de você, minha mãe que, embora tenha sofrido com meu pai alguma coisa que eu ainda não entendi completamente, foi quem escolheu assumir o risco de largar tudo, viver outro amor e ficar longe de mim. Não quero me distanciar e nem te culpar. Culpa é que nem preocupação, lixo de sentimento, não serve para nada, não adianta nada, não faz a gente avançar. Mas acho que você precisa cair na real: você escolheu não lutar por mim. Eu não sou tão boba, conheço histórias parecidas com a minha, mas que tiveram briga judicial e o caramba, os pais não desistiram dos filhos. Outra vez, vou dizer, não quero te culpar. Mas também não quero viver perto dele ou de você como se fosse eu a causa dessa confusão toda. Eu que me vire com o pai. Eu que me vire com a mãe. Eu que não ouse pensar alto sobre um na presença do outro. Isso não é justo comigo. Quero viver em paz com vocês dois! Tenho a impressão de que só morando longe e sozinha isso vai acontecer.

Por favor, peça para minha avó me encontrar hoje. Pode ser na Padaria Estrela, perto do metrô da Vila. Se ela puder, será bom. Estou chateada com vocês dois. Preciso conversar com alguém que me entenda. Quero ser melhor do que vocês dois estão sendo e não sentir raiva e medo.

Desculpa, mas nem tenho vontade de falar de outro assunto.

`5 ABR-DOM-13:56`

Ana Lúcia

Ah, filha, não te chateie. Nós, adultos, somos bem mais complicados que vocês, adolescentes. Erramos, eu sei. Agora vamos ter que lidar com o que temos: o afeto que estamos retomando. Fica calma, tudo se ajeitará. Vontade de te dar um colo, Marina.

Falei com tua vó, ela irá. O Mateus não vomitou mais. Ele pergunta quando vai te ver de novo. O Josué Martins está aqui, ele e mais uma guriazinha toda delicada. Uma lindinha. Eles a chamam Ju. Júlia? Juliana? Não sei.

Quanto a mim, quero organizar o pensamento em relação a estas tuas últimas palavras. Bju.

Ah, amanhã será a primeira sessão de radioterapia do Mateus. E teu aniversário também. Um motivo de tensão. Outro de festa.

5 ABR-DOM-14:03
Marina
Beleza. Eu vou encontrar a minha avó, então. Tipo umas 15h30 estarei na padoca. Boa sorte com seus pensamentos. Fala para o Mateus que eu vou combinar de ir até aí, só acho que ele precisa descansar mais em vez de ficar de farra com essa tal Ju. Fiquei até com ciúme. E já estou aqui, cruzando os dedos. Dará tudo certo com a sessão de rádio do mano. Dará sim.

6 ABR-SEG-22:43
Ana Lúcia
Estou na cama. Passei o restante do domingo e toda a segunda-feira em função do Mateus. Mas não pense que me esqueci de você. Parabéns pelo teu dia! Parabéns por ser essa pessoa especial. Torço para que teus sonhos todos se realizem e que hoje, apesar de todos os problemas que desabaram sobre tua cabeça nestes últimos dias, teu dia tenha sido feliz. O Mateus pediu pra eu digitar um bilhete pra você. Ele vai me ditar: "Oi, mana, um feliz níver procê. Quero que você seja muito feliz hoje e sempre. Eu te liguei de tarde, mas acho que você tava ocupada festejando teu níver e nem reparou ou não pôde atender. Então vou aproveitar e te mandar por aqui o meu grande abraço. Eu fico feliz em saber que você está fazendo 15 anos. Um grande abraço do seu irmão Mateus, que tá louco de saudade. Ah, eu pedi pra mãe comprar um presente pra você. Ela comprou, mas fui eu que sugeri. Ele tá aqui esperando tua visita". O Mateus está melhor, como disse, hoje após a sessão de radioterapia ficou com um pouco de falta de ar. O Edgar, o médico dele, passou aqui em casa. O plano médico não cobre essas visi-

tas, mas ele falou que estava passando aqui por perto e resolveu dar uma paradinha pra ver o teu irmão. Bonito gesto, né? A tua vó é que ficou vendo segundas intenções. Pode? Mas e aí, me conta, como foi teu dia? Tuas amigas estiveram aí contigo? Vocês passearam, se divertiram? Eu não sei se você curte festas (o Mateus ama comemorar o aniversário), eu não gosto muito. Fico pensando que mais um ano passou e que muita coisa que eu gostaria de fazer não aconteceu. Parece meio pessimista, sei. Mas não sou, não. Gosto de ver o bem que foi feito também. Isso é o que vale afinal. Mas me conta, estou curiosa: O Daniel Hu esteve aí? E o portuguesinho? E as amigas? Teve bolo, velas? De bolo eu gosto, ainda mais se for de chocolate.

6 ABR-SEG-23:44

Marina

Oi, mãe, oi, mam, pensei que tinha me esquecido. Eu saí com minhas amigas pra almoçar e ir ao cinema, acabou que não escolhemos filme nenhum e fomos para o clube, curtimos a piscina e ficamos de bobeira. O Joaquim, o tal de Lisboa, sabe, né? Já tá com uma garota e, pelo jeito que se beijavam, acho que é namorada. Esse povo é rápido demais pra mim. Pelo menos tem gente devagar que nem eu (kkkk). Daniel me mandou flores. Flores!!! Acredita? Fiquei super sem graça. Parece coisa de gente antiga, fico até achando desperdício porque as flores murcham logo (ai, como eu sou tonta). Agora, a carta que veio junto com as flores – UAU! Eu adorei. Ele praticamente escreveu tudo que eu gostaria de ler no meu aniversário. Vou precisar te mostrar porque eu não consigo explicar direito, acho que ainda não entendi se é amizade, se ele tá afins de mim, se eu sou lerda, se ele é lerdo, sei lá. Tenho medo de interpretar mal, então só agradeci e vou esperar pra ver no que dá.

Agora, a bomba no dia de aniversário foi confirmar o que eu suspeitava. Meus pais vão "dar um tempo", talvez se separem. Minha mãe decidiu ficar em Porto Alegre, por enquanto. E eu? Nem isso fez com que ela repensasse. Acredita que eu ouvi da boca dela: "Agora que você voltou a falar com sua mãe, Marina, pode ser bom eu estar longe". Será que ela está fazendo isso de vingança? Acho que não, seria absurdo. Juro que não sei o que pensar. Meu pai tem o trabalho dele aqui, eu estou na escola, óbvio que não podemos decidir mudar de cidade da noite pro dia (e eu não quero isso, sair de São Paulo). Os dois só discutem, nem se escutam. Eles nunca foram assim. Sabe aquela família perfeita? Então, ninguém tem, mas a minha até que parecia. Eu só espero que meu pai continue firme na decisão de ficarmos em São Paulo porque eu estou decidida a não morar em Porto Alegre. Lembra quando você me disse alguma coisa sobre eu ter coragem, pois é, só pensei nisso hoje, que eu já tenho coragem suficiente para saber o que eu quero e isso independe das decisões do meu pai e da minha mãe.

Quero visitar o Mateus amanhã, se não tiver problema. Já meio que combinei com a vó, ela me pega na saída do colégio e isso é ótimo porque eu não preciso ficar explicando nada lá em casa. Minha vó falou que vai atender alguém perto do colégio, fica fácil pra ela me encontrar na saída. Olha eu e a vó, melhores amigas. Quando eu ficar mais velha quero ser assim, que nem ela, trabalhando, conhecendo gente nova. Ontem ela me ajudou muito. Conversamos na padaria como duas adolescentes. Acredita que ela me contou coisas de quando você tinha a minha idade? Até uma cena de pular a janela de casa na madrugada pra ver um namoradinho. Ela disse que ficou louca, que você era namoradeira demais. A gente riu muito.

Você sempre foi gata, né, mãe? Eu te acho supergata. Aliás, não só eu. A vó me disse que o dr. Edgar é capaz de brigar com o Fred por sua causa. Brigar, quer dizer, disputar mesmo. Um duelo? Kkkkkk. Escreverei uma crônica ou um conto dramático medieval em homenagem à batalha do século. Um beijo, mãe. Fica bem. E não me esqueça, por favor. Estou com sérios problemas aqui. Preciso de uma luz no fim do túnel. Preciso de você.

7 ABR-TER-19:57

Marina

Mam, tudo bem aí? Estou com uma coisa martelando minha cabeça. A vida parece um quebra-cabeça sem fim. Logo agora que nós estamos nos falando eu perdi a convivência com a minha mãe. Estou me sentindo tão esquisita, porque não consigo ficar triste! Tenho a amizade com meu irmão Mateus, que é um guri incrível, tenho minha avó Lara, que me abraça e me beija e me diz que nunca mais vai desgrudar de mim, mas eu devia estar triste porque não estou ao lado do Lipe e da minha mãe. Tudo isso acontecendo e eu pirando com bobagens. É que eu estou sentindo falta da minha mãe e do Lipe, mas tá muito bom ter você, o Mateus e a avó... Acho que me sinto culpada. Viu, que droga isso da gente sentir culpa.

O meu pai, acho que tá mais bravo do que triste. Falei pra ele que vou visitar o Mateus amanhã, que a vó Lara vai me encontrar na saída do colégio. Ele só balançou a cabeça, "ok". Ah, depois, meio do nada, ele me perguntou assim: "Dona Lara diz o que disso tudo?". Eu respondi que a vovó sente muito que tenha sido dolorida a separação, principalmente pra mim, e que ela deseja o bem para todos nós. Acho que respondi direito, não acha? Beijo. Vê se descansa e come fruta. Fruta é muito bom para sua saúde.

7 ABR-TER-23:48

Ana Lúcia

Oi, Marina. De fato a vida é um ir e vir. Pena que o casamento de teu pai tenha acabado. As relações são assim, frágeis, se não são alimentadas; se não são parcerias, acabam terminando. Não sei, só posso analisar pelo que você me fala, mas parece que teu pai e a mulher dele (assim como eu e ele) não souberam superar as dificuldades que um relacionamento traz. Viver a dois não é fácil. A três, menos ainda. Talvez o nascimento do Felipe tenha escancarado aquilo que a Luciana não via, aquilo que teu pai não via. Olha, gostaria de te ajudar, mas não posso. Teu pai não permitiria minha presença próxima, tentaria te afastar de mim mais uma vez (e isso que nunca nos encontramos de verdade nesse tempo de conversa). Ontem, como era teu aniversário, não quis falar sobre teus questionamentos (aliás, a tua vó te entregou o presente que te enviei? Quando vi na vitrine, pensei: "Nossa, que coisa mais delicada, acho que a Marina vai amar...". Você não comentou nada. Como mamãe é meio distraída, vai que esqueceu de te entregar o presente...). Bom, como eu te disse, não falei nada sobre o "abandono", sobre a "não luta" por você, pois não queria atrapalhar a alegria do teu dia. O fato é que teu pai me ameaçou, dizendo que registraria abandono de lar. Temi que com isso não pudesse mais te ver. Porém, outro complicador foi a ida para Portugal. Como lutar por você se eu ia para outro país e teu pai jamais admitiria isso? Talvez para você sejam razões frágeis. Não só para você. Em minha família, sempre fui tachada de má mãe. Aquela que "largou" a filha pra viver um amor. Não, eu não larguei minha filha. Sabia que ela estava com alguém que a amava tanto quanto eu, que cuidaria tão bem dela como eu faria. O estranho é que, se fosse um pai a sair de casa para viver um grande amor, ninguém o acusaria de abandono. Jamais. De um pai, só esperam que ele sustente financeiramente. Se fizer isso, tudo bem. Já de uma mulher, de uma mãe, exigem que os filhos estejam grudados nela o tempo todo. A cruz que a mulher carrega sempre é maior que a masculina (minha vó Mercedes sempre dizia isso. E cada vez mais creio ser verdade). Eu carrego a minha até hoje: ainda sou pras minhas tias e primas a mulher que abandonou tudo para amar. Algumas talvez até achem que a morte do Lucas foi punição, foi castigo merecido. Não sei, talvez. A dúvida sempre esteve em mim. Sempre. Perdi minha filha, perdi o homem que amei. Ou amo ainda. Sei lá. O fato é que eu estava fraca e culpada. Teu pai soube jogar com isso. Ganhou. Tentou me apagar da tua vida. Fugiu de mim. Enfim. Sinto que nesse sentido nossa conversa não avança e mais que isso talvez eu não possa te dizer. A única coisa que tenho é o meu sentir, e sou sincera. Assim, quando você me chama de mãe, quando diz que sou bonita, renasce em meu coração aquele desejo que nunca me abandonou de poder te dar colo, de te ninar, de ter a minha menina comigo de novo. Mas não quero ser pressão. Entendo quando você fica querendo ficar protegida, longe de tudo isso: teu pai, eu, a separação, os problemas de teus irmãos... Uma guria de 15 anos só deveria se preocupar em estudar e em namorar. Quem sabe, pular uma janela de vez em quando. Toda janela é convite à passagem. Convém que a abramos, que a pulemos. Edgar me ligou hoje de novo. Será ele uma janela? Beijo.

8 ABR-QUA-18:52
Ana Lúcia

Troveja muito lá fora. Raios estouram. A chuva cai forte. Granizo. Tempestade em final de dia de verão. Veio de repente, assim como o vômito do Mateus. Ele tem oscilado muito: ora está bem, ora decai um pouco. Percebo nesses momentos um certo pedido de socorro em seus olhos, mas ele nada diz. Não reclama. Não resmunga. Às vezes, eu gostaria que ele gritasse, que xingasse o mundo, Deus, tudo. Um menino de 10 anos não deveria jamais estar diante de uma doença que possa provocar dor, sequelas, morte. Um menino de 10 anos só deveria rir, brincar, ser feliz. Eu fui feliz quando criança, Marina, apesar do alcoolismo de meu pai, apesar de algumas vezes chorar sozinha no quarto. Sabe, acho que o Mateus precisa de uma terapia. Quem sabe conversando com um psicólogo ele não enfrentaria com mais coragem esse tempo de fronteiras? Você faz terapia? Você está bem? Estranho esse teu silêncio.

8 ABR-QUA-23:01
Ana Lúcia

Marina, o que está havendo? Você visualizou minhas mensagens, mas segue em silêncio. Estou preocupada. Como está tudo aí na tua casa? Como você está, filha?

8 ABR-QUA-23:57

Marina

Desculpa, estou cansada demais. Muitos problemas aqui. Meu pai trabalha sem parar e fala cada vez menos comigo. Sinto que anda com preocupação pra manter a grana aqui de casa e segurar a onda da mãe em Porto Alegre com meu irmão. Eu falei que ela decidiu não voltar para o trabalho este ano, né? Pois então, a diretora da escola é amiga deles e manteve minha bolsa de estudos, ainda bem. O colégio é caro e eu sempre recebi bolsa por causa da minha mãe. Mas agora com os dois afastados e uma possível separação, sei lá o que vai rolar... Pode ser até que a gente mude desse apê. Eu adoro minha casa, meu quarto, minha vida, andando a pé até a casa das amigas, o clube, a escola. Está tudo de pernas pro ar. Não paro de PENSAR, PENSAR, PENSAR E PENSAR, nem um minuto sequer. Tive muita dor de cabeça ontem e hoje. O que salvou foi sair com Daniel, fomos assistir a um filme de terror que acabou de entrar em cartaz, e eu adoro esse tipo de coisa. Meu medo agora é esse, minha vida virar um filme de zumbi, um troço desses que só cortando a cabeça. Mas tem um lado bom de ver meus pais humanos, não os heróis de antigamente e você de vilã. Pois é, a casa caiu... E eu só pensando nisso... Hoje matei aula, meu pai nem sonha. Matei aula, fui ao cinema.

Na terça à tarde, quando vi o Mateus, eu me senti pior ainda. Ele tá doente, não posso suportar a ideia de que ele piore. Ver uma criança doente com câncer é meio que perceber que estamos todos muito desabrigados nesta vida. Não sei se essa palavra serve pra isso. A vó me fez suco de amora. Ela também estava pálida, cansada. Amora parece feminino de amor. Eu me sinto amada pela vó Lara. É a única pessoa que eu consigo tirar do rolo que minha vida virou. Ela e o Mateus, claro.

Ah, o presente ainda não recebi. Deve estar aí no guarda-roupa.

Mas não tem problema. Eu não ligo de ganhar presente, não. Meu pai me deu um celular novo. Trouxe ontem, colocou em cima da mesa a caixa com um bilhete de feliz aniversário. Olha só o estado da coisa... Deve estar me achando uma idiota.

Voltando um pouco, o cinema me fez bem. Gritei numa cena de susto e Daniel me abraçou forte. Ele usa um perfume tão bom que eu tive que guardar a minha camiseta debaixo do travesseiro. kkkkk, que boba que eu sou.

Mam, não fique com raiva de mim por eu falar algumas coisas que eu sinto e penso. Eu sei que você está passando por um período insuportável com a doença de seu filho predileto. Eu sei que você está se esforçando para que eu confie em você. Mas eu ando muito sozinha, estou me sentindo sem importância para ninguém. Marina fez 15 anos e pode se virar sozinha, né? Bj.

`9 ABR-QUI-18:17`

Ana Lúcia

Marina, Marina, não se sinta assim. É óbvio que as tuas duas famílias te amam: eu, Mateus, tua vó, teu pai, Luciana, Lipe. O problema é que teu aniversário esteve mergulhado numa infinidade de tragédias: a doença do Mateus (que tem me martirizado muito. Fico pensando onde errei, onde errei?); a separação de teu pai. Toda separação acarreta afastamentos e nem sempre a gente deseja isso. Quando me separei de teu pai, fui obrigada a me afastar de ti. Agora, quando teu pai se separa da Luciana, ele te obriga a ficar sem ela e sem o Lipe por perto. Separações trazem tristezas para quem nada tem a ver com a coisa. Teu caso, por exemplo. Pena que você esteja assim, sofrida. Mas saiba que eu não tenho filho predileto. O Mateus, neste momento, está frágil (você também, eu sinto, eu sei). Uma fragilidade que pode levá-lo de nós. E isso eu não quero. Já falei com tua vó. Ela esqueceu o presente na bolsa. Pode? Ah, dona Lara. Espero que a próxima vez que você vier ver o Mateus, ela não esqueça de te entregar. Beijos. Tenho que sair agora. Gil me chamou pra uma reunião de trabalho.

P.S.: Adorei saber a história do cinema e do Daniel Hu. Eu não disse que ele te olhava de um jeito especial na foto? Mães percebem.

9 ABR-QUI-19:31
Marina

Oi, mam, rapidinho!!! Acho que você tem razão: Daniel me escreveu pedindo pra gente se ver e eu aceitei. Combinamos um suco aqui no Vilinha Natural, conhece? Aiiiiiiii, eu tô com frio na barriga. Manda um beijo para o meu irmão. Não fala nada pra vó disso do Daniel. Outro beijo pra você.

Ah, que bom que não tem filho predileto! Apesar de que a sua filha, que sou eu, você não conhece de verdade, digo, pessoalmente, e você pode não gostar quando conhecer.

9 ABR-QUI-19:38
Ana Lúcia

Marina, creio que por aqui, por este meio um tanto artificial, a gente possa tirar máscaras e aí se conhecer bem mais. Ah, e não esqueça que você esteve dentro de mim durante seus 9 primeiros meses de vida. Estou torcendo por ti e pelo Hu.

9 ABR-QUI-19:43
Marina

Você acha que só de eu ter ficado dentro da sua barriga, você me conhece? Sabe, eu não acredito nisso e tenho medo que você não goste de mim se a gente conviver de perto. Ontem foi legal com Daniel, a gente conversou e deu muita risada. Dani é calmo, carinhoso, e eu acho que gosta de mim. Rolou uma coisa de flerte, mas ficamos só conversando mesmo. Às vezes acho que sou fria demais, sei lá. Tenho pensado que é medo, tenho medo de cruzar com um carinha que só vai curtir e me dispensar. Eu tenho medo de abandono. Eu sei, eu sei, não quer dizer que eu tenha que conhecer uma única pessoa e me casar com ela. Sei que não é isso, mas não consigo explicar e não falo disso com ninguém porque me dá certa vergonha. Vergonha de ser fraca. Deixa disso. Sábado à tarde posso ver o mano? Não quero te incomodar, pedir para você sair de casa. Ainda não me sinto bem pra gente se ver, sabe? Por favor, não pense que sou boba e insegura. Estou tendo cuidado, apenas.

9 ABR-QUI-20:02

Ana Lúcia

Marina, desculpa, mas às vezes rio com o que você escreve. Mas não é rir de rir, sabe, rir de deboche. É mais rir de se identificar, entende? Leio o que você escreve e acabo me vendo em você. Eu era muito assim, superinsegura. Talvez por não me sentir amada pelo meu pai. Sempre desejei o amor dele, o cuidado dele. Mas ele bebia muito, estava quase sempre fora da realidade. E, quando falava comigo, era só pra dizer que eu não desse muita confiança para os guris, que homem só quer mesmo é se aproveitar das mulheres. Sabe, eu achava tudo aquilo muito estranho. Pois, se fosse verdade, então ele também era um aproveitador, certo? Aí eu também ficava com receio de aceitar que algum rapaz pudesse se interessar por mim e me respeitar. Depois, mais tarde, fui entender dessas coisas de machismo. O mundo é feito pelos homens e para eles. Nós, mulheres, ainda temos muito o que lutar. Não acha? Ah, eu também tive um Daniel na minha vida. Já te falei sobre ele. Foi o primeiro garoto que eu beijei. Ele era o gato do colégio. Nove em cada dez meninas me invejaram quando souberam que ele gostava de mim. Eu mesma tive muita dificuldade em aceitar que podia ser amada por um guri como o Daniel Silva. Quando somos adolescentes, somos cheios de dúvidas. Eu ficava por vezes olhando pras minhas amigas e me perguntando: Como elas podem ser tão felizes, tão seguras de si? Até que numa noite, na casa da Maria Estela, a gente ficou conversando até tarde e eu descobri que as minhas amigas, todas elas, em maior ou menor grau, tinham as mesmas inquietações que eu. Vai ver com você é assim também... O Mateus agora dorme. Assim que ele acordar, aviso de sua visita amanhã. Tua vó fará broa de milho. Ela me disse que tu gosta. Ah, e me prometeu que te entregará o presente. Espero que goste. Quanto a mim, vou ao Ibirapuera com o Fred. Depois pegaremos um cinema. Beijo.

10 ABR-SEX-22:24
Marina

Olha só a mensagem que recebi! Preciso de sua ajuda, mãe, nem sei como responder isso.

"Marina, sei que a gente é amigo e talvez seja sempre assim. Não que eu não goste de ser seu amigo, eu gosto, você é a garota mais inteligente que eu conheço, e ainda gosta de arte! Mas eu não quero ser só seu amigo porque sou apaixonado por você desde o 5º ano B. Desculpa dizer isso aqui... eu sou tímido. Quer sair comigo de novo?"

MORRI!!!!!! Pelo amor, fala #quiqueufaçoagora????? Estou #desesperada! Como respondo isso? Amanhã é sábado, vou ficar com o Mateus, a avó e as broas hummmm!!!! Mas me ajuda nisso aí antes! Por favor, mam. *Merci beaucoup!*

Tô boba.

10 ABR-SEX-22:32
Ana Lúcia

Marina, que lindo! Ah, viu só? Eu bem que percebi que o Hu amava você. E te confesso que acho que vocês formam um casal muito bonitinho. Olha, ele deve ser tão tímido quanto você nessas coisas de amor, por isso deve ter optado por te enviar a mensagem. Meu conselho? Responda apenas e simplesmente: "Claro que eu quero sair contigo de novo". Ele, como é um guri inteligente, entenderá direitinho o subtexto. Saberá que você também gosta dele. Porém, em relação à intensidade desse gostar, se é para namorar ou não, só você mesma poderá responder. Pense com o coração. Aí é fácil achar a resposta. Foi assim comigo e o meu Daniel quando eu tinha a sua idade. Foi amor bom. Mas teve momentos também em que eu sabia que não amava ele do jeito que deveria. Sabia que era bom estar com ele. E olha que namorei bastante: o Pedro Artur, o Nininho (nunca soube o nome dele, acredita?), o Vinícius, o Shultz, o Beto, o Diogo... Mas amei pouco:

o Daniel, o Gabriel (teu pai, no caso) e o Lucas. Quando se é adolescente, Marina, não se pode perder a oportunidade de experimentar as alegrias e as emoções que a vida nos apresenta. Bju.

P.S.: Depois quero saber o que você decidiu.

11 ABR-SÁB-18:22
Marina

Mam, não parei até agora, nadei de manhã, fui ao super comprar umas frutas e castanhas, almocei com o pai, na Bodega da Vavá, uma moqueca vegetariana deliciosa e, adivinha, comi uns bolinhos de ora-pro-nóbis. Não era essa a verdura que você tinha me falado? Depois fui pra sua casa. Aliás, adorei a samambaia nova na varanda, que linda! Cheguei agora, meu pai saiu e deixou um bilhete me avisando. Estamos daquele jeito...

Olha, achei o Mateus melhor, menos pálido e mais falante, quer dizer, falar ele sempre fala muito, mas a voz dele está mais forte. Descasquei laranja pra ele pra fazer aquela brincadeira da letra do amor da vida da gente. Você sabe como é? Descascar sem quebrar, do começo ao fim, e rodar acima da cabeça dizendo o alfabeto. A letra que parte é a inicial do nome. A do Mateus deu M kkkk e eu já mandei um "M de Marina, sua irmã que você ama e nem pense em namorar tão cedo, guri, porque eu sou ciumenta de você, e a irmã mais querida que você vai amar até ficar velhinho". E ele riu, riu, riu. Até deu soluço. "Velhinhos, mana, a gente vai ficar muito engraçado", e a vovó saiu disfarçando o choro. Pobrezinha. Difícil uma avó viver isso, mam, mesmo vendo ele melhorar é muita pressão, né? Imagino que você também esteja precisando de colo... As broas, pelos anjos e anjas do céu! O que significam aquelas broas maravilhosas! E o meu presente de aniversário é o melhor do mundo, mãe, você acertou em cheio, nunca poderia sonhar com algo mais precioso, uma caixinha de música com *La vie en rose*!! Você presta atenção em mim, sabe da minha *passion* pela língua francesa. *Merci beaucoup, ma mère,* você é super *jolie*!!! Ah, e em julho eu vou estudar lá durante um mês, e agora a caixinha de música vai comigo. Bem que podiam ir também Mateus, avó, você... Agora, pergunta qual letra deu na minha casca de laranja? H. Opa... Será? Combinei de sair com Dani hoje, 21h. Acho que vamos até uma sorveteria nova no Centro que faz tudo artesanalmente, até as casquinhas. Tá calor, né? Hehehe, mas eu tô é com frio na barriga. Obrigada por me ajudar nisso, por me ouvir. E finalmente, no meio de tanta conversa nossa (porque a gente dispara a falar), eu fiquei sabendo do Daniel Silva, o bonitão

que todas queriam, mas que foi você quem beijou. Uhu! Sou sua fã. Eu não sou a melhor pessoa em assunto de namoro, e com a vida daqui de casa de ponta-cabeça, percebi que, ou eu me arranjo na alegria de viver, ou vou me afundar no travesseiro chorando em cima de um prato de brigadeiro. Sabe que meu brigadeiro é um escândalo de bom, mas não quero lotar a cara de espinhas. Achei bonito você ser franca comigo, dizer que amou papai. Fico triste quando você me conta sua vida com o seu pai, esse lance de alcoolismo, a violência que deve ser viver dentro de casa com uma pessoa alterada. Olha, mam, conta pra mim se tem alguma coisa muito boa que você lembra do meu avô. Queria saber. Eu sempre tive o melhor do meu pai, viu? Apesar desses dias que estamos nos estranhando, papai sempre foi meu anjo Gabriel. Acho que você sabia disso e confiou que eu ficasse com ele. Mas, mãe, com tudo o que andamos conversando, queria dizer que você fez falta. Obrigada pela caixinha... e pelos conselhos. Hoje à noite (bem à noitão) eu conto do sorvete.

`11 ABR-SÁB-21:37`

Ana Lúcia

Pois é, Marina. Demorei a te responder, pois tua pergunta ficou ressoando na minha cabeça: "Tem alguma coisa boa que você lembra do meu avô?". Meu pai era pouco afetivo, um tanto repressivo até. Não gostava que eu andasse à noite sozinha ou que dormisse na casa de alguma colega, mas ao mesmo tempo jamais se oferecia para me levar ou me buscar. Aí, ou eu não ia às festas, ou tinha que brigar, discutir. Ou ainda pular uma janela. Minha mãe acabava autorizando e arrumando briga com meu pai. Dizia sempre para eu não dar bola pras ranzinzices do pai. Ah, eu até que tentava. Pais e mães creio que devam ser apoio. O meu não era, nunca foi. Tinha vezes que eu desejava que ele sumisse, desaparecesse por encanto, ou que minha mãe desse um basta e se separasse dele. Mas nada disso ocorreu e, quando ele morreu, eu acabei meio que me sentindo culpada por ele ser um pai que eu não gostaria de ter. Só mais tarde entendi que cada um é apenas o que pode ser. Fico lembrando e acho que meu gosto pela arquitetura herdei dele, o gosto por ouvir histórias também. Quando pequena, era ele que me botava na cama e me contava histórias de princesas para eu dormir. A que eu mais amava era a da Rapunzel. Rapunzel era princesa? Acho que não, né? Olha só, achei alguma coisa boa no meu pai... Algumas observações: 1. O Mateus também adorou tua visita. Foi logo me contando que quando crescer casará com alguém cuja inicial do nome será M. 2. O Edgar disse que teu irmão está suportando bem a rádio. Acha até que é provável que não necessite mais que três sessões. 3. Eu sabia que você amaria a caixinha de música. Fico bem feliz. 4. O passeio com o Fred foi legal. Mas sabe que o tempo todo fiquei pensando como seria se, em vez de ser o Fred, fosse o Edgar. Loucura, né? 5. Adoraria experimentar teu brigadeiro. 6. Você vai mesmo para a França? Eu gostaria de ter viajado mais quando adolescente. Conhecer novas gentes, novas culturas. Porém, ao ler tuas palavras, bateu em mim um sentimento de perda. Uma perda que se repete, se repete, se repete. E fico pensando em te pedir para adiar esse intercâmbio para o ano que vem. Mas sei que não tenho esse direito. Beijo.

`12 ABR-DOM-11:28`

Marina

Você me chama poucas vezes de filha, mesmo depois que eu comecei a te chamar de "mãe" nas mensagens, e de mam, que é você "arquitetônica" rs. Acho que nunca reparou. Eu comecei a ficar mais livre nas nossas conversas depois que falei com minha outra mãe e ela me apoiou a viver minha história por inteiro, e tentar tirar o melhor disso. A gente sempre tem escolha, não tem? Escolha de tratar bem, escolha de tratar mal. Sabe, hoje fui atravessar a rua, na frente do clube, e um tonto tacou o carro em cima de mim, buzinou e fez escândalo ainda por cima. Eu tava na faixa, dei um pulo pra trás. Claudinha deu um grito. O motorista me xingou. Sim, pôs a cabeça pra fora do carro e gritou "sua burra, idiota", fazendo aquele gesto estúpido e machista com a mão. Fiquei com uma raiva! Tive até vontade de correr atrás do carro e dar um chute assim que parou no sinal. Daí a escolha. Já tinha passado o susto, o sujeito era e continuaria sendo o verdadeiro idiota, nada iria adiantar o meu chute. Resolvi nadar e ir pra casa. Quando você fala "cada um dá o que tem" parece aceitar que a gente não tem escolha. Eu não sei se entendo direito. Minha impressão é que você pensa que as pessoas agem de acordo com uma fórmula matemática que já está instalada na cabeça. Um *software*. Acredito que meu avô teve escolha, mesmo sendo alcoolista (isso é um problema de saúde, eu sei, mas ele tinha a escolha de ser um pai amoroso quando estivesse sóbrio). Que bom que você lembrou de Rapunzel. Ela não era nada princesa, mam, era filha de camponeses que os pais trocaram por rabanetes com a bruxa vizinha. Pasme. Que escolha! No final das contas é isso, a gente acaba sendo trocada por um rabanete, por um anel, pela promessa de amor eterno e uma viagem para outro país... Desculpa, inevitável não pensar nisso. Eu escolhi te chamar de mãe e você escolhe esquecer que sou sua filha. Fica parecendo que somos adolescentes falando de namorados. Não que não seja legal, é, mas não é isso. Tem hora que você quase merece que eu te chame de Ana Lúcia, porque a história vira um monstro, um pesadelo. Mas tem hora que eu escolho (e consigo) acreditar que você é a mãe que eu sempre quis. Tudo isso me confunde o suficiente para eu querer sumir. Mas agora já não dá.

Voltei do clube, comi uma salada e dormi. Acordei com a chuva forte. Esfriou. Sinto falta da minha casa como era, com o colo da minha mãe, com o choro do Felipe acordando a gente no meio da noite, com meu pai sorrindo de novo e confiando em mim.

Escolhi saber de você, Ana, ganhei um irmão e tenho minha avó, mas minha escolha também me tirou um pedaço da minha família aqui. E você nem me chama de filha... Fico pensando que não vai fazer muita diferença pra você eu ir para o intercâmbio. Se fizesse, você pediria com todas as letras para eu ficar. Você tem medo de ouvir um "não"?

12 ABR-DOM-21:58

Ana Lúcia

Eu já te pedi isso. Lembra? Sei que não tenho o direito de te pedir. Não tenho. Mas quero.

12 ABR-DOM-23:25

Ana Lúcia

Marina, na adolescência, acabamos mais voltadas para nós mesmos, para nossas dores, que até esquecemos a dor que podemos provocar no outro. Se te chamo poucas vezes de filha é por respeito a você. Respeito, afinal foi você que pediu que fosse assim. Esqueceu? Lá no início dessa nossa longa conversa, quando ousei te procurar (não sabendo como você reagiria e enfrentando todos os medos que sempre me invadiram toda vez que pensei, ensaiei, desejei fazer contato contigo), você pediu que eu não a chamasse de filha. Disse que trocaria palavras comigo, mas a condição era esta: não ser chamada de minha filha. Você me disse que tinha uma mãe, que essa mãe não havia te abandonado como eu fiz... Eu chorei, Marina. Muito. Eu senti uma faca enterrada no peito e acreditei que eu a merecia. Eu tinha escolhido amar (sim, você tem razão, nada está determinado, somos seres de escolhas. E eu escolhi, mesmo sabendo que toda escolha tem suas consequências e nem sempre elas são boas).

Eu te amo, Marina. Muito. Vou entender teu último recado como aceite de que você é minha filha. Quero ser tua mãe. A mãe que não pude ser antes. Mas quero que isso seja desejo teu. Não quero te impor que você seja minha filha. Não posso fazer isso. Por isso, respeitei teu pedido. Só por isso. Te confesso que me sinto coadjuvante na tua história, história que só observei de longe, com medo de me aproximar e de te perder para sempre. Acho que, como filha de meu pai, também fui coadjuvante. Será que jamais terei papel principal na vida das pessoas que amo? Fui importante pro teu pai?

Pro Lucas? Sou importante pro Mateus, pro Fred, pra minha mãe? Serei importante para a minha filha? Pra você, minha filha?

Tantas perguntas.

Hoje estou sem saber muito de mim. Só sei que te quero por perto. Ah, filha, você não se enganou, acredite. Por isso, te peço com todas as letras, assim como você me desafiou a fazê-lo: Não vá pro intercâmbio, filha. Não agora que eu estou te redescobrindo e meu amor cresce mais ainda do que eu acreditava ser possível. Ah, Marina, filha linda. Minha filha linda.

`13 ABR-SEG-17:41`

Marina

Mãe, você não é coadjuvante na minha história. Sinto muito por nós vivermos isso. Será que teremos chance de fazer melhor?

Quer ouvir um segredo que guardo sobre isso?

`13 ABR-SEG-19:16`

Ana Lúcia

Segredos sempre são responsabilidade. E se você quer partilhar um comigo, começo a me sentir mais ainda responsável por tudo o que habita em ti: emoções, alegrias, tristezas, descobertas, sucessos, enfim, viro parte tua, minha filha. Quero muito isso: ser parte da construção dos sonhos de meus filhos.

`13 ABR-SEG-19:46`

Ana Lúcia

Quando adolescente, eu ficava escrevendo no meu diário (ele tinha até nome. Eu conversava com ele sobre meus sonhos, meus dramas, minhas alegrias e tristezas, meus amores; por vezes, até escrevia um poema nele... Bateu uma saudade agora daqueles tempos de ter diário...). Escrevia coisas que eu vivi e coisas que acho que jamais viverei. Lembro que queria muito encontrar alguém para dividir minha vida, e queria amor daqueles de livro.

Às vezes, acho que toda adolescente sonha em ser feliz com alguém ao seu lado, e não importa se num castelo, numa cabana ou debaixo da ponte. Quando somos jovens, sonhamos mais. Sonhamos sem medo. Somos plenos de coragem. Pois eu escrevi lá, em alguma página perdida no tempo, que quando tivesse filhos ia querer ser parte da vida deles, ia querer participar de tudo e mais um pouco, não ia querer ser como o meu pai. Porém, vendo o que ocorreu com a gente, percebendo as fronteiras que foram impostas entre nós, eu falhei como mãe. Falhei com meu sonho adolescente. E entristeço.

Porém, agora, ao saber que você deseja partilhar um segredo, já fico achando que meu sonho (um deles) pode não ter fracassado totalmente, pode ainda acontecer.

Filha, me conta. Já estou curiosa.

`13 ABR-SEG-19:50`

Marina

Que bom que você quer saber e tem curiosidade, e juro que não é maldade minha, mas agora vou sair com papai pra jantarmos alguma coisa (não tem nada na geladeira!!! Buá!!!). Assim que eu voltar, escrevo e conto. Mas se prepara mesmo. É muito íntimo e eu decidi que você deve saber, já que você faz parte do segredo.

`13 ABR-SEG-19:51`

Ana Lúcia

Eu aguardo, já com o coração em rebuliço.

`13 ABR-SEG-22:31`

Marina

Eu vou contar uma coisa e isso tem a ver com várias perguntas que você já fez, mas que eu não respondi, não por mal, mas por falta de confiança em mim mesma, no que eu sinto sobre a minha vida e sobre seu reaparecimento, mãe. Eu estive sozinha com papai dos meus 3 anos até os 4 e pouco, foi quando ele conheceu a Luciana, minha outra mãe. Luciana se tornou namorada e mais depressa ainda se tornou a mulher do pai, minha madrasta. Por sorte minha, ela foi mais do que maravilhosa. Fui uma criança com sono agitado, os médicos diagnosticaram um tipo de doença do sono, eu suava e me debatia por horas até ficar exausta. Eu era bem pequena, mas me lembro de algumas passagens desses pesadelos. A mais frequente era eu no balanço do parque, voando pra trás e pra frente, Luciana e papai conversando no banco, os sobrinhos dela no tanque de areia. Até que, de repente, eu fico parada no ar, no alto, o balanço preso em alguma coisa. Vou cair de cara no chão, começo a gritar e a voz não sai. "Mãe, mãe, socorro, não me deixa cair." Me lembro de várias noites que a mãe estava ao meu lado esfregando suas mãos nos meus braços e dizendo para eu ter calma, que era só um sonho, que ela estava ali me protegendo. Aos 8 anos eu ainda tinha medo de dormir. Por isso o papai me levou para fazer terapia com a dra. Sílvia. Ela era engraçada e a gente conversava sempre sobre meus sonhos e minhas histórias inventadas. Ela me dizia que o nome dela tinha o mesmo som de uma cobra, siiiiii, siiiiii, siiiii, quando o guizo se atiça. Sílvia era meio médica, meio palhaça, meio bruxa. Ela me acompanhou até os meus 13 anos. Depois resolveu se despedir. Disse que eu já estava de alta e isso significava que eu estava livre da cobra Siiiii, SiiiiiSílvia. Ela falava isso imitando o som de serpente com a letra S bem assoviada entre os dentes. Tomei alguns remédios que eu nem sei ao certo quais eram. Eu morria de medo de alguma amiga descobrir, por isso tive poucas amigas e até hoje nenhum namorado. Junto com esse *kit* de remédio, cobra Sílvia, suores noturnos e pesadelos, comecei a fazer aula de Arte numa escolinha do bairro. Eu já tinha quase 12, gostava de pintar e de mexer com argila, então achei legal ir todo dia. Era um lugar de passatempo, no começo, mas virou minha casa durante uns dois anos. Sim, exatamente até os 14. Foi lá que eu comecei a escrever poemas. Um dia a professora de cerâmica conversava apaixonadamente sobre poesia com um professor novo, recém-chegado. Ele usava óculos, tinha cabelos até os ombros, encaracolados, sempre vestia camiseta branca e calça jeans. Acho que fiquei meio apaixonada por ele. Claro, paixonite por professor, sabe? Ele era bem tímido, quase não parava de batucar os dedos na mesa ou de mexer nos óculos. Fui fazer as oficinas de poesia por isso tudo, porque ele era tímido como eu e porque aquela conversa que eu ouvi entre eles ficou me dizendo algo, sei lá. Comecei a andar com vários caderninhos, todos com nome de batismo dado por mim, é claro. Mania que peguei do professor. O primeiro caderno se chama "Na Luz do Dia". Fiz poemas para o Sol. Eu costumava deitar na grama para me inspirar e fechava os olhos e ele continuava lá, atrás das minhas pálpebras, dentro da minha mente. Claro que não vou mostrar nenhum desses poemas pra você, sei que sou péssima, ainda, como poeta, mas eu era muito pior e os escritos são toscos. Mas não é isso que quero contar... e preciso... Eu comecei a melhorar com o tratamento e diminuir os remédios quando descobri que eu podia pôr tudo em palavras no papel, mesmo sem mostrar isso pra alguém. E esse primeiro caderno, "Na Luz do Dia", foi uma maneira de me lembrar de você, da luz, Ana Lúcia, Analuz. Eu deitava na grama da escola de Arte, fechava os olhos, e logo via você, imaginava você. Como se a gente estivesse ali juntas. Desde sempre. Eu não entendia como, mas eu continuava te amando e te esperando, mesmo que isso fosse um desrespeito ao papai. E é essa a outra parte da história do meu tratamento, e a dra. Sílvia diria agora: "Mar de Marina, sempre no ir e vir das ondas". Sílvia conversou muito comigo sobre culpa, um sentimento que nos empurra contra o crescimento e muitas vezes faz a gente querer se responsabilizar pelas escolhas dos outros. No "mar de Marina", eu pulo ondas, de uma coisa para a outra, é minha forma de pensar, tudo ao mesmo tempo. Guardo os cadernos comigo para não esquecer quem eu sou e como cheguei até aqui. Eu posso ser uma escritora, um dia, e esses cadernos serão meu pequeno museu (bizarro?). Também guardo os cadernos porque eles foram um jeito de viver perto de você; nas palavras eu podia esconder seu nome. Tem uma outra coisa. Numa visita ao meu avô Clemente, eu fucei nas caixas de fotografias e achei uma nossa. Roubei. Enfiei a foto dentro da calça. Amassou tudo, mas eu salvei você pra mim numa foto, eu podia te ver de olhos abertos, entende? O professor, Marcelino Soares, foi morar no Nordeste uns meses depois das aulas na escola de Arte. Ele se casou com uma moça artista de circo e os dois partiram para montar um espaço para crianças no sertão. Achei bem bonita a história, fiz até um poema para o poeta e a malabarista. Meio breguinha, mas eu tinha 12 anos, né? Continuei na cerâmica e na pintura sem talento algum, mas os cadernos, em que eu anotava todo tipo de ideia, continuarão comigo até sei lá quando. Ah, um dia, tive o sonho do balanço e contei pra Sílvia na manhã seguinte, porque no sonho alguma coisa foi diferente, eu vi você antes que eu gritasse por socorro de novo. Olhei para o balanço e te vi, porque eu estava sentada no seu colo, você me segurava nos braços, e a gente ia e vinha, de novo e de novo. Quando contei para dona SiiiiiiiiSílvia, ela me disse que a gente já podia dar um tempo de terapia, que eu tinha conseguido olhar para a própria história sem criar fantasmas. Muita coisa, né? Olha, mãe, desculpa se eu nem sei contar as coisas, falar por mensagem também é bem difícil, mas volta lá no começo, quando você me procurou e eu demorei a responder, tive que deixar o balanço se soltar no ar, entende? Não sei ainda sobre o intercâmbio. Eu já decidi que, se eu for, será apenas por um mês, para estudo da língua. Não vou ficar um ano fora, por enquanto. Tem muita coisa aqui.

Ah, eu olho suas fotos com Fred, olho o perfil do Edgar, e confesso: você se parece mais com o médico. E por falar nisso, Daniel Hu começou a aparecer para nadar comigo no clube. Foi hoje, aliás, e deixou Joaquim de cara, porque além de tudo Daniel é feríssima na natação. E eu estou me sentindo a diva da piscina. Hehehehe. Até loguinho.

13 ABR-SEG-23:44
Marina
Você me pede para não ir pra França, o intercâmbio. Eu sempre quis estudar fora. Mas confesso que tem sido bom imaginar minha vida num outro livro, sabe? Queria viver outra experiência, fora de casa. Acho que isso eu sempre tive vontade, mas depois que minha mãe ficou grávida do Lipe, a vontade aumentou. Meio que eu me sinto demais... Depois veio toda a tensão que estamos vivendo. Espero que eles fiquem bem. Eles sempre se amaram muito. Não entendo isso. Quando eu pensava em você e meu pai, entendia que um casal se separa porque alguém não ama mais. Nunca imaginei um casal se separar se amando. Isso é louco demais. Ir para a França pode ser um projeto para outro momento. Mas, na real, tanto faz, o que eu queria era ter outra casa para morar um tempo. Mas onde? Se a Dona Mercedes bisa fosse viva, eu iria dar um olé. E levaria Dona Mercedes gata comigo.

Você gostaria de ter uma gatinha? Um beijo.

13 ABR-SEG-23:55
Ana Lúcia
Filha, desculpa mudar de assunto. É que teu irmão teve uma recaída. Fiquei bastante preocupada. O Edgar, quer dizer, o doutor Edgar esteve aqui em casa. Também ficou preocupado. Nada parava no estômago do Mateus. Que coisa isso: eu tranquila, achando que estava tudo se resolvendo, já retornando pro trabalho (a pobre da Gil não se queixa, mas sei que é difícil tocar tudo lá sozinha) e aí o pesadelo retorna. Agora ele está bem, mas teve que passar um dia no hospital tomando soro. Quis te avisar, mas tua vó achou melhor não. Sabe como ela é, sempre querendo proteger alguém, nesse caso, a neta preferida. "Força, Ana, vai dar tudo certo. Aí depois que a loucura passar, a gente avisa a Marina. Pra que preocupar a guria à toa?" Eu concordei, mesmo tendo certeza de que você vai ficar muito chateada comigo. Mas

talvez tenha sido melhor. Agora o Mateus já tá melhor. O Josué Martins e a tal Juliana ou Júlia estão aqui com ele. Vieram trazer os materiais da escola, as tarefas, e já estão com a TV ligada, pipoca e suco. O temporal acalmou. Aí pude acessar tua mensagem, longa e reveladora mensagem. Sabe, me emocionei por me saber mais perto de ti do que eu pensava estar. Saber que você escrevia sobre a gente, sobre teus sentimentos e que até foto minha tinha me alegrou o coração, que estava apertado por causa de ti e também da doença do Mateus. Prova maior de confiança é mesmo a gente se sentir livre para partilhar coisas tão nossas com o outro. Obrigada, filha.

Sabe que, lendo tua história do professor de poesia, me lembrei do João Alfredo, um professor de Português que eu tinha. Foi com ele que aprendi a usar a maldita da crase. Era um homem especial: delicado, sensível. Sempre iniciava as aulas lendo um poema. Trazia poemas sociais, escritos por poetas mais marginais. Ele dizia: "Marginais por estarem à margem do cânone". "Cânone." Sempre achei essa palavra linda demais. Achei linda sem nem saber direito o que significava. E nem tive coragem de perguntar ao professor. Imagina se eu ia dizer ao João Alfredo, aquele deus africano, que eu não sabia o que era cânone? Cheguei em casa e fui correndo pesquisar. Por onde será que anda o João Alfredo agora, neste momento? Adoraria saber.

Mas sabe que, por hora, acho que não estou aberta a amores. Fred? Edgar? Brad Pitt (acho o homem mais lindo deste mundo e de algum outro que haja)? Um desconhecido qualquer? Nada. No momento, estou no limbo. Quero só ser mãe. Recuperar o tempo perdido com você. Cuidar do Mateus. E quanto à França? Você atenderá a meu pedido? Não é pedido para que desista, é apenas para que adie. Aí, quem sabe, não possamos ter um pouco mais de tempo para estarmos juntas. Juntas de verdade. Adoraria que você pudesse sentir que a minha casa é também tua. Haverá sempre um lugar para ti nela, filha. Não quero parecer invasiva ou insistente, afinal a gente nem se reencontrou olhos nos olhos ainda, mas saiba que a minha casa é nossa casa, viu? Nossa casa.

14 ABR-TER-00:01
Marina
Oi, oi... estou aqui... O Mateus ficou internado? Pobrezinho. E eu não ajudo em nada. Quanto à França, ando confusa. Aliás, não só quanto à França.

14 ABR-TER-00:01
Ana Lúcia
Sonho com o dia em que seremos uma família de verdade. Eu, vocês perto de mim. Filha, você ajuda sim. Tua presença ao lado dele, tuas visitas, sempre o deixam mais forte. O Edgar explicou que são os tais efeitos colaterais da radioterapia. Hoje organizei novas fotos naqueles porta-retratos da sala. Mandei imprimir aquela *selfie* que tu e o Mateus tiraram na tua primeira visita. Vocês estão lindos. A sala ficou mais linda. A casa também.

14 ABR-TER-00:03
Marina
Mam, deixa eu falar uma coisa, antes que eu esqueça: não tem nada a ver uma coisa com a outra, você é mãe e mulher. Tem que viver sua vida inteira. Ser feliz. Olha só, pra animar o papo, acredita que fui pesquisar o tal João Alfredo na net? E achei!!! Quer dizer, pela idade dele, acho que encontrei. Achei uma página de um escritor e li a biografia. Ele morou no Brasil, foi professor de Língua Portuguesa em Porto Alegre, depois se casou com uma linguista (o que é isso?) e voltou para sua terra natal. Agora mora em Moçambique, tem dois romances publicados, os dois premiados!!!! Ele deve ser o máximo. Vamos comprar um livro dele para lermos juntas?

14 ABR-TER-00:12
Ana Lúcia
Mas agora falta pouco. Só mais uma sessão. A rádio, digo. Ah, filha-
-Sherlock, não sabia do meu professor. Mas que notícia boa! Vou procurar

um dos livros dele, um não, os dois, hoje mesmo. Aí eu leio um, você lê o outro. Uma vai dando *spoiler* pra outra e criando o desejo de querer ler o outro livro. Aceita minha proposta?

14 ABR-TER-00:12
Marina
Olha, Edgar não está só interessado em ser médico do mano, viu? Fica esperta. E quanto aos livros, claro que topo! Mas sem *spoiler*.

14 ABR-TER-00:13
Ana Lúcia
Xi, a gente está se interrompendo, hehehe. Parece conversa de bêbados...

14 ABR-TER-00:13
Marina
Parece que a gente se parece Kkkkkkk: #asduasfalamsemparar.

14 ABR-TER-00:13
Ana Lúcia
E tu tá bem, filha?

14 ABR-TER-00:13
Marina
Eu tô bem... Hoje aconteceu algo entre mim e o Daniel. A GENTE SE BEIJOU!

14 ABR-TER-00:14
Ana Lúcia
Fiquei feliz em saber que o Hu anda próximo (adoro chamá-lo assim).
O quê? Beijo????

14 ABR-TER-00:14
Marina
Ai, que vergonha. Eu tô contando meu romance pra minha mãe!!

14 ABR-TER-00:14
Ana Lúcia
Nossa, que bacana! Te confesso que sempre torci por ele. O tal Joaquim é do tipo metido a lindo, o tal macho alfa, como andam dizendo agora. E você merece ao seu lado um guri sensível, inteligente, apaixonado, delicado. Um João Alfredo. Um Lucas.

Acho que o Hu é tudo isso.

E veja só: dizem que coração de mãe não se engana. Eu bati os olhos na foto e li no rostinho dele todo o amor que sentia por ti.

Olhinhos oblíquos e apaixonados. Diferentes dos da tal Capitu.

P.S.: Já encomendei os dois livros do João Alfredo. Tô na maior expectativa.

14 ABR-TER-00:16
Marina
BEIJO. Sim. Ele foi nadar comigo no clube. Saímos da piscina mortos de fome, fomos pra lanchonete. Daí ele sentou do meu lado e eu só encarava o sanduíche maravilhoso de berinjela. Mordi o sanduíche e veio uma chuva de molho no meu queixo quase estragando minha blusinha favorita. Nessa hora, pasme, Daniel bancou o guerreiro *kung fu*, mais rápido do que as asas do beija-flor. Beijou meu queixo. Salvou a blusinha do molho. Ficamos grudados e beijamos com berinjela. Mãe!!!!

Não li Capitu. Pode me julgar! kkkkkkk

14 ABR-TER-00:17
Ana Lúcia
Ah, parece cena de filme...

De livro.

14 ABR-TER-00:17
Marina
Ainda bem que eu já tinha mastigado o pedaço do sanduíche. Ainda bem mesmo. Que maluco esse guri. Não acha? Mas eu adorei. Acho que tinha que ser assim mesmo, na loucura, porque os dois são lerdos.

14 ABR-TER-00:18
Ana Lúcia
Quando você for escritora (tenho certeza que será), escreva uma cena inspirada nesse momento de vocês. Ou já faça nascer um poema agora. Faça. E me mande. O amor precisa ser maluco. Precisa de um pouco de imprevisto.

14 ABR-TER-00:18
Marina
Mãe, eu nunca me senti assim. Esquisito isso.

14 ABR-TER-00:19
Ana Lúcia
Se não houver um tanto de desrazão, tudo fica muito igual.

14 ABR-TER-00:19
Marina
Eu sei, eu sei... mas é estranho.

14 ABR-TER-00:19
Ana Lúcia
Ah, filha, amor, sobretudo o primeiro, é esquisito. Mexe com um monte de coisa dentro da gente. E ele te pediu em namoro? Quer dizer, nem sei se isso existe ainda: pedir em namoro. Existe?

14 ABR-TER-00:20
Marina

Eu conto pra você e parece que eu vou desmaiar, sabe? Meus lábios ficam gelados quando penso nele, naquela cena. Namoro? Ai, ai, não.

14 ABR-TER-00:20
Ana Lúcia

Não há mais pedido de namoro? Ah, que jovens pouco românticos. O Tom me explicou que agora vocês ficam e pronto. Aí anotam no face que estão em relacionamento sério. E isso não é namoro, não?

Filha, quando se ama, se deixa de ser só um.

Tudo o que pensamos e fazemos é sempre matemática de multiplicação.

14 ABR-TER-00:20
Marina

Criando fantasias.

14 ABR-TER-00:20
Ana Lúcia

Oi?

14 ABR-TER-00:21
Marina

Mãe, você é muito romântica.

P.S.: Eu disse que sempre te chamaria de mam, mas não resisto de vez em quando de escrever "mãe".

14 ABR-TER-00:21
Ana Lúcia

O garoto te beijou!

Você escreveu "mãe". Confesso que prefiro assim do que "mam".

14 ABR-TER-00:21
Marina

Eu não sou romântica, sou só confusa, mam. Mãe.

14 ABR-TER-00:21
Ana Lúcia

Ele te olha apaixonado. Ele te beijou.

Que fantasia o quê!

Quando é que você apresentará o Hu para a família (brincadeirinha de mãe boba)?

14 ABR-TER-00:22
Marina

Eu sei, eu sei. Eu também tô fantasiando essa coisa de ficar apaixonada.

Não sei se eu quero. Que medo isso me dá.

14 ABR-TER-00:22
Ana Lúcia

Pois então seja romântica. O Hu merece.

14 ABR-TER-00:22
Marina

Você deve ser minha mãe, lembra?

Não fica pensando no Daniel.

Pensa em mim, oras.

14 ABR-TER-00:22
Ana Lúcia

É que quando nos apaixonamos, fica tudo mexido em nós.

Ciuminho do meu genro?

Ri muito aqui.

É claro que estou do teu lado. Sempre. E por isso falo do bem que penso que ele pode fazer pra ti.

Quem está caidinho é ele. Pode acreditar.

14 ABR-TER-00:23
Marina

Acho que eu preciso mesmo conversar mais contigo, você é doida, mãe! Kkkkkkkkkkk. Desculpa, mam, você acha que ele está pensando em mim?

14 ABR-TER-00:23
Ana Lúcia

O coitado deve estar em casa só pensando: Ai, meu Deus, será que ela curtiu? Será que vai querer de novo?

14 ABR-TER-00:23
Marina

Será que ele está pensando em mim????

14 ABR-TER-00:23
Ana Lúcia

Será? É óbvio que sim. Arrisca. Manda uma mensagem pra ele. 😊

14 ABR-TER-00:24
Marina

Ahhhhhh aprendeu a usar figurinhas!!!!! Fófis.

14 ABR-TER-00:24
Ana Lúcia

Algo assim não comprometedor. Tipo: "Oi, tudo bem? Fazendo o que agora?".

14 ABR-TER-00:24
Marina
Voltando, se eu mandar mensagem, não fica uma coisa assim meio palhaça, boba?

14 ABR-TER-00:24
Ana Lúcia
Não.
Fica uma coisa assim:

14 ABR-TER-00:24
Marina
Fala...

14 ABR-TER-00:24
Ana Lúcia
"Hu, curti o que aconteceu com a gente, quero te ver de novo".

14 ABR-TER-00:24
Marina
Uau! Ousado. Gosto.

14 ABR-TER-00:25
Ana Lúcia
"Tô meio balançada."
Vocês falam "balançada"? Gíria do meu tempo...

14 ABR-TER-00:25
Marina
Eu sou balançada desde sempre. Leu o meu sonho, né?

14 ABR-TER-00:25
Ana Lúcia
Aham. É claro que li.

14 ABR-TER-00:25
Marina
Mas por que você está balançada?

14 ABR-TER-00:26
Ana Lúcia
Não eu. Você!

14 ABR-TER-00:26
Marina
Ah, eu? Eu!

14 ABR-TER-00:26
Ana Lúcia
Era coisa pra você dizer ao Hu.

14 ABR-TER-00:26
Marina
Kkkkkk. Mãe, olha a hora, a gente não para de falar, nem sei como vou acordar para ir pra escola. Essa coisa com o Dani não pode ser assim, acho que tenho que fazer um suspense, não quero que ele pense que eu tô caidinha.

14 ABR-TER-00:26
Ana Lúcia
E não é suspense estar balançada?

14 ABR-TER-00:27
Marina
Não. Definitivamente não. Caidinha é uma coisa. Balançada é outra. É tipo entregar o jogo todo. Sei lá, mam, tô com sono.

14 ABR-TER-00:27
Ana Lúcia
Não! Penso bem diferente de você. Filha, vai dormir. Quer dizer, vamos. Olha a hora!

14 ABR-TER-00:28
Marina
Hahaha, eu vou escrever aquilo que você me disse de "Foi legal, eu curti muito hoje" e tals. E sim, mam, precisamos dormir, mas estou a mil.

14 ABR-TER-00:28
Ana Lúcia
Balançada pode ser, mas também pode não ser. Está em dúvida. Um pouco mexida apenas. Certo. Escreva isso.
Vou ficar na expectativa da resposta, aposto que ele vai amar tua mensagem.

14 ABR-TER-00:29
Marina
Aposto que você vai até sonhar com isso, mam, mãe... obrigada, tá? Mesmo.

14 ABR-TER-00:29
Ana Lúcia
Ah, filha.
Eu que agradeço por você confiar em mim. Beijo.
Teu irmão chama.

14 ABR-TER-00:29
Marina
Ixi, a essa hora? Espero que ele esteja bem. Manda beijo meu.

14 ABR-TER-00:30
Ana Lúcia
Os amigos tão indo embora.
Só vou lá pra abrir a porta. Tua vó tá no cinema. Foi na última sessão. Adora.

14 ABR-TER-00:30
Marina
Eu vou aí amanhã, quer dizer, hoje mais tarde, se ele puder.

14 ABR-TER-00:31
Ana Lúcia
Ele tá dizendo que pode.

14 ABR-TER-00:31
Marina
Um beijo, mãe. Eu vou. Vou à tarde, umas 16h.

14 ABR-TER-00:32
Ana Lúcia
Gil precisa de mim. Ah, precisa ver o apartamento do Peter. Tá ficando lindo. Amanhã passarei o dia fora. Aí você pode vir tranquila.

14 ABR-TER-00:32
Marina
Tá. Mas eu tô tranquila de ir, viu? Sim, bem tranquila. Boa noite, mam. Você é uma amiga incrível.

14 ABR-TER-00:32

Ana Lúcia

Tua vó estará aqui. O Tom é provável que venha também.

Ah, adoro quando a gente se encontra e troca ideias sem precisar esperar tempos e tempos. Hehehe Tudo é mais dinâmico. Será assim quando a gente se encontrar ao vivo. Beijo.

14 ABR-TER-00:33

Marina

Beijo. Depois conto do Dani, e da mensagem.

14 ABR-TER-10:32

Marina

"Marina, eu não curti a tarde no clube, não, eu amei, foi o melhor dia de todos até que outro dia chegue e eu fique mais tempo perto de você". Daniel me escreveu agora, no whats, depois de ler minha mensagem: "Curti nossa tarde juntos, viu?".

Acho que ele realmente gosta de ficar comigo. Estou tão feliz que pareço festejar o ano-novo chinês em Pequim com o garoto mais lindo que eu conheço. Beijinho. (Estou no intervalo da escola.)

Óbvio que não vou mandar pra ele, mas olha o que escrevi no caderno:

"Agora sim meu ano-novo:
A festa de nós dois
O gosto do beijo."

14 ABR-TER-16:01

Marina

Mãe, tô aqui com o Mateus vendo fotos dele bebê. Daí ele tirou da gaveta um álbum velhinho com umas flores azuis de colagem na capa. Eu chorei quando abri vendo que você fez essas montagens com minhas fotos em legendas tão, tão... cheias de amor e emoção. Parei pra escrever esta mensagem e dizer que foi muito especial pra mim me sentir perto de você desse jeito. E amei minha foto com o Mateus no porta-retratos. Um dia vamos fazer uma *selfie* nós três. Certo?

15 ABR-QUA-14:56

Marina

Boa tarde, dona Ana. Deixei meu irmão dormindo, ontem. Fiz cafuné na cabecinha dele. A gente tomou picolé e comeu pêssego gelado. O Mateus me falou que se sente melhor do estômago com coisas geladas. Sorvete cura tudo. Hehe Depois me conta se ele está melhor, tá bem? Aqui em casa uma novidade, mamãe veio com Felipe e vai ficar uma semana. Não sei ainda se ela vai dormir no meu quarto ou com o pai... Não sei se os dois já estão acertando a separação ou se ainda querem ser casados. Que confusão deve ser descasar. Não queria estar na pele deles. Nem na sua, quando se apaixonou e quis se separar. Aliás, quando eu penso nisso sem lembrar que eu fui a filha que ficou no meio, consigo me aproximar e te compreender melhor. Talvez seja bom a gente aprender a separar as coisas por dentro. Felipe tá gorduchinho. Fofo. Mamãe disse que ele tá mais calmo à noite pra dormir. Acho que em Porto Alegre a mãe conseguiu descobrir meios de ajudar meu irmãozinho a se sentir mais seguro, mais tranquilo. Eu estava morrendo de saudades. Dos dois. Agora, meu pai quando viu a Lu entrar em casa com o Lipe no colo... ai, que dor no coração! Ele começou a chorar. Por tudo isso resolvi passar a tarde no clube, nadando, lendo, tomando um sol, deixando os três lá em casa e ficando aqui com o Dani e os amigos do clube, claro. Volto de noitinha. É isso. Um beijo.

16 ABR-QUI-00:44

Ana Lúcia

Filha, cheguei agora em casa. Todos dormem. Trabalhei até o início da noite. Estava tudo atrasado por causa do meu afastamento. Depois, o Fred me pegou no trabalho e fomos tomar um chope. A gente estava numa boa, conversando e tal. Até que ouvi atrás de mim alguém dizer: "Mas olha só quem encontro aqui". Me voltei. Adivinha quem era? Acertou.

O Edgar. E não é que ele pediu licença e sentou na nossa mesa? Nossa! Eu fiquei meio sem graça. Acho até que o Fred reparou. Tudo muito estranho, enfim. Antes de deitar, passei no quarto do Mateus, dei um beijo nele, ele sorriu. Acho que estava sonhando. E devia ser com sorvete. Muitas emoções nestes últimos dias. Abril começa cheio. Repleto de reencontros e de dúvidas. Mas que bom saber que o Lipe está em São Paulo. Você deve estar feliz demais... ainda mais que tua mãe de verdade está aqui também. Aproveite para matar a saudade. Separação é mesmo uma tristeza só. Ainda mais para o teu pai, que já viveu essa situação antes. Desta vez, porém, poderá experimentar a dor de ter que viver longe de um filho, a mesma dor que me obrigou a sentir. Desculpa, Marina, mas não consigo perdoar o teu pai. Hoje, quando penso em tudo, creio que ele te usou para se vingar de mim por ter me apaixonado pelo amigo dele. Mas e alguém governa o amor? Ninguém. Já a vingança, ah, essa sim pode ser administrada. Quando se ama, hoje sei, não se quer o mal da pessoa amada. Teu pai permite que a Luciana vá e leve o Lipe. Se faz isso, é porque ainda a ama. Comigo foi bem diferente, talvez por haver uma terceira pessoa, o Lucas, entre nós. Você curtiu o álbum? Adoro fotos, adoro organizar recordações. Um dia vou te entregar a caixa com todas as cartas que escrevi para ti. São muitas. Todas querendo ser partilhadas. Algumas até arrisquei te enviar pelo correio, mas teu pai procurou minha mãe e falou para que eu não perdesse meu tempo. Você nunca as leria, jamais as receberia. Então, segui escrevendo. E guardando. São suas. Logo as terá e, quem sabe, poderá me entender melhor, me perdoar. Beijos. Durma bem, meu anjo.

16 ABR-QUI-14:48
Marina
Oi, mãe. Tudo bem aí? Hoje teve lasanha de *shimeji* aqui em casa. Adivinha quem cozinhou? Na próxima visita eu vou levar uma coisa feita por mim só pra você (não, pra avó e pro mano, também). Aliás, amanhã já é sexta, eu

tenho consulta no oftalmologista pertinho do seu apê, pensei em propor ficar com meu irmão de enfermeira na parte da tarde, assim você e a avó ficam tranquilas. Posso ficar das 14h30 até à noite. Que tal?

Olha, eu não posso me meter nos seus assuntos amorosos, mas vejo que o Edgar mexe com seu coração. Estou enganada? Se for isso, acho legal se dar uma chance de ficar sem o Fred. Afinal, vocês não são exatamente namorados, são?

Lipe tá aqui causando a alegria da casa com aquelas gracinhas de bebê. Meu pai está de volta, digo, voltou a ser amável e mais calmo. Depois que ele descobriu que tenho me aproximado de você, a nossa relação ficou tensa, você sabe, e eu acho isso uma baita injustiça comigo, aliás. E tem outra coisa, eu vou falar, eu não tenho mãe verdadeira e mãe de mentira, tenho vocês duas de mãe, uma que está aqui em casa com ele, que me acompanhou na infância e no começo da adolescência, e você, a mãe que me teve, me deu meu nome, cuidou de mim bebê, ensinou as primeiras palavras e me viu engatinhar, caminhar, e que, sim, escolheu um caminho longe de mim, mas voltou. Eu não posso deixar meu pai estragar isso porque está sendo bom pra mim, em tudo. Agora, tem uma coisa que eu preciso dizer de novo, que já disse, você diz que não consegue perdoar meu pai, que ele deixa a Lu levar o Lipe pra longe e que foi o contrário com você quando eu era pequena, e esse seu jeito de tratar nossa vida me aborrece muito. Tente pensar que papai mudou com a vida. Eu queria que você assumisse seu erro. Porque você errou. Não por ter se apaixonado etc. Mas acho que errou porque não lutou por mim para compartilhar a guarda. Você foi pra Portugal e passou mais de um ano namorando, vivendo um romance. Desculpa se parece julgamento, eu não sou essa pessoa que aponta o dedo na cara. Mas não quero ver você julgando meu pai, entende? Vamos tentar fazer diferente. Conversei muito com a mãe aqui em casa. Contei tudo. Falei do Dani, dos conselhos que você me dá, de nossa amizade. Só não falei do álbum de fotografias nem da sua casa, do jeito como a avó te abraça e cuida como se fosse uma menina. Não falei dessas coisas porque são só nossas. Sabe, mãe, eu quero me deixar levar pelas boas emoções. Estou gostando de estar com Dani, de conversar com ele, de beijar e ser beijada, do jeito como a gente se olha e dá risada depois de tantos anos de amizade (ele sempre dizendo que é apaixonado por mim desde o primeiro dia que me viu ♥♥♥♥). Também estou amando o que tenho com o Mateus. Quero ser a netinha da vovó. E quero ser sua filhinha. Olho nosso retrato, aquele antigo que roubei da casa do vô Clemente, e vejo a mesma cor dos nossos olhos, os nossos cabelos, até a ponta do nariz idêntica. Talvez seja por isso que o pai fica chateado, ele percebeu meu entusiasmo, e eu sou seu retrato.

Falei demais. Preciso responder à mensagem do meu namorado. Isso é novidade, né? Aceitei namorar o Dani, ele me pediu.

Fica bem, mãe. E pensa em me responder o que eu disse aqui sobre nós duas. Se você não perdoa meu pai, eu poderei perdoar vocês dois?

16 ABR-QUI-18:28
Ana Lúcia

Engano seu, Marina. Nunca pensei em te colocar contra teu pai. Nunca. Mas não posso te negar (ou talvez possa, sei lá) o que sinto. Só poderemos ser mãe e filha se uma das marcas de nossa relação for a sinceridade.

Ah, então pedidos de namoro ainda ocorrem? Que alegria saber disso!

16 ABR-QUI-20:01
Marina

Eu concordo com isso. Sinceridade. Foi por ser sincera que falei também como me sinto. Não me faça sentir culpa, tá? Leu o resto da minha mensagem ou já ficou brava e não quer mais falar comigo?

`16 ABR-QUI-20:25`

Ana Lúcia

Você é bem divertida, filha. Que bom. Em meio a tudo que desabou sobre tua cabeça, você ainda consegue troçar. Fico feliz. Sei que a vida é esse oscilar constante, balanço entre dor e alegria, felicidade e tristeza, confiança e decepção, além de mais uma série de palavras que nomeiam situações ou sentimentos que se contradizem. A gente, o que sobra da gente, é o resultado dessa matemática tão peculiar. Ninguém pode ser feliz sempre, ninguém é totalmente dono das próprias ações. Não estou triste contigo, filha. Creio que, apesar da doença do Mateus, estou vivendo um momento ímpar: a possibilidade de te ter como filha de novo, de poder colocar mais fotos no álbum azul, de poder trocar emoções contigo, de ser feliz ao teu lado. E, mesmo que não seja permitido que a gente possa estar de fato juntas, que eu possa ouvir tuas alegrias e acalentar tuas dores, que eu possa ser conselho, que você possa pedir conselho, estou orgulhosa de ver a pessoa linda que você se tornou. E teu pai e Luciana, com certeza, contribuíram para isso. Assim, não confunda a minha relação com o Gabriel com a tua relação com teu pai. Ele foi meu marido, ele me trouxe tristezas, ele é teu pai, te ama, foi presença necessária na minha ausência. Só não me julgue. Deixa eu chorar de vez em quando, tá? E quanta alegria saber que você está amando o Hu! Gosto desse guri. Um lindinho. Aliás, vocês são dois lindinhos. Esqueci de falar sobre algo? Se sim, pergunte. Beijos.

`17 ABR-SEX-14:48`

Marina

No final das contas, eu vou usar óculos. E você demorou tanto, mãe, que eu não sabia se poderia ir hoje ficar com o Mateus. Tsc, tsc. Vim pra casa estudar. Comecei a leitura de outro livro, depois conto. Só me diz se posso ir amanhã à tarde ficar de babá do Mateus. Preciso de mais tempo com esse pestinha. Depois falamos das outras coisas, pode ser, mãe?

17 ABR-SEX-15:28

Ana Lúcia

Você sempre pode ir ver teu irmão. Ele te adora. E eu gosto de saber que vocês se amam. É só aparecer que ele fica dizendo: a mana isso, a mana aquilo. Teus conselhos funcionam muito com o Mateus. Coisa mais linda. Vá ver teu irmão, sim. Ah, o Edgar liberou o Mateus para fazer pequenos passeios, desde que não se canse muito. Fica a dica: sorveteria Granizo, ali na esquina do meu prédio. E enquanto vocês recuperam o tempo que eu roubei de vocês serem irmãos, eu vou auxiliando a Gil, que ela tem sido uma mão na roda, assumindo as coisas todas lá no nosso escritório. A Gil é a irmã que não tive.

Filha, se quiser, podemos ver uma armação de óculos juntas. Eu conheço uma loja tri com uns óculos superdescolados.

17 ABR-SEX-15:31

Marina

Então está bem. Amanhã chego aí 14h30 e fico com ele até 19h30. Você trabalhará no sábado. A avó me disse que tem uma cliente para atender e eu já deixei ela tranquila, fico com o mano e cuido dele. Estou descendo pra ver o Daniel, que tá na portaria mofando enquanto eu passo rímel pra andar de *bike*. Queria muito levar Dona Mercedes, um dia. Na sua casa, não na *bike* (que eu já levo, kkkkk, numa mochila especial). Se você deixar, levo a gatinha amanhã. Acho que o Mateus iria gostar de conhecer a gata mais linda do mundo.

Ah, mam, fala pra Gil que ela agora é minha tia. Quero conhecer essa pessoa mão na roda que você fala tanto.

Um beijo!

Ah, e quanto à loja de óculos, vou pensar. O convite é tentador. Afinal, já que eu vou usar, tem que ter estilo, né?

17 ABR-SEX-19:55
Ana Lúcia

Quando eu era jovem (já faz tempo), era muito vaidosa (não que não seja hoje) e não saía pra rua sem um rímel e um batom. Ia até pro colégio. Tua avó dizia que eu tinha síndrome de *miss*. Lembro que a gente brigava muito por causa disso. Na verdade, não por causa do rímel, mas pela minha demora diante do espelho. Eu sempre achava que um olho ficava diferente do outro, sobretudo no risco do lápis. Ah, agora lembrei de uma vez que a nova diretora da escola em que eu estudava (nós a apelidamos de Cruela) resolveu proibir que a gente fosse maquiada pra escola. Fazia fiscalização no portão. Quem estivesse maquiada era encaminhada direto pro banheiro pra lavar o rosto. Pode? Então... O fato é que eu e mais dois amigos lideramos um levante. Levamos escondido pra aula um monte de maquiagem. Tanto as gurias quanto os guris se maquiaram: batom, *blush*, rímel, lápis, sombra. Imagina a festa que foi no intervalo, nós no pátio, os guris de batom vermelho. A Cruela pirou. Aí o Daniel Silva, que era o presidente do grêmio estudantil, a enfrentou. Falou de liberdade, de autonomia, de direitos e tal. Os alunos todos ao lado dele. Todos de mãos dadas e de bocas pintadas. Foi lindo. Foi, acho, minha primeira manifestação. Foi quando percebi que só se pode ser feliz quando se luta pelo que se acredita. No ano seguinte, me candidatei ao grêmio. Boas lembranças tu me traz, filha. E tudo por causa de um rímel.

Ah, filha, a Gil é especial. Tu vai gostar muito dela. Tenho certeza. Ela é dinda do Mateus, sabia? Vai adorar ser tua tia.

18 ABR-SÁB-12:37
Marina

Mãe!! Não acredito nisso! Que incrível a gente ter isso em comum. Eu me considero muito politizada, sabe? E já participei de manifestações no colégio e na cidade. No colégio, é bacana porque a direção incentiva que sejamos críticos mesmo. E na cidade, acho que temos obrigação de lutar por melhorias. Por exemplo, a praça do *skate* que fica no final da Viela Josefina de Amaral, você conhece. Fizemos um mutirão para limpar os canteiros, reconstruímos parte das lixeiras e colocamos um aviso para o pessoal que leva os cachorros que não pode deixar cocô na grama e na pista (inclusive eu coloquei um garrafão de plástico lá, cheio de sacolinhas para que as pessoas usem de lixo). Melhorou muito porque a turma do *skate* agora tá cuidando da praça; eles até pintaram os murais do fundo e fizeram uns grafites novos iradíssimos. Eu não ando de *skate* porque sou uma pateta, mas adoro andar de bicicleta pelas ciclovias. Devia ter mais gente disposta a largar o carro e andar de *bike*, andar a pé, pegar carona, sei lá. São Paulo tem muita poluição, muito trânsito. Precisa de mudança de atitude, né? Mas tem outro lance na geografia da cidade: nem todo mundo mora no centro ou perto do centro e aqui tem mais ciclofaixa, mais transporte público.

Mam, hoje eu vou pra sua casinha ficar com o Mateus. Queria pedir se dá pra você fazer um favor. Coisa pequena, mas importante pra mim. Queria que você incluísse no meu álbum uma foto minha com o Mateus. Eu vou levar a impressão hoje pra deixar aí, num envelope azul. Ó, eu reli nossas últimas mensagens, e não é fácil esse rolo todo da vida da gente. Tenho algumas crises. Tem hora que eu me sinto injustiçada, e olha que eu não gosto dessa palavra porque ela é pesada demais. Por isso, eu ainda não sei se consigo encontrar você pessoalmente, embora ao mesmo tempo eu queira porque nas nossas conversas muita coisa mexeu forte comigo, muita cumplicidade, muitas coisas em comum. Antes eu confiava plenamente na palavra do meu pai, mas vi que ele também agiu com paixão, com raiva, com vingança, e isso pode ter colaborado para chegarmos ao ponto que chegamos: mais de dez anos sem convivermos. Agora, eu estou em uma cilada: se eu não perdoo você, por questão de justiça (olha aí, de novo), eu não posso perdoar meu pai. Eu amo demais meu pai, amo minha mãe Lu, amo o Lipe. Eu amo o Mateus mais a cada dia, e minha avó. E eu não posso mentir, mãe, de algum jeito eu sempre continuei amando você e nossas conversas me trouxeram muita vontade de viver uma nova história ao seu lado.

Minha mãe aqui, Lu, quando eu contei que nossa amizade tem me feito bem, me disse assim: "Quem faz bem para minha filha faz melhor pra mim". Acho que vocês duas serão amigas, um dia, tenho quase certeza disso.

Preciso ouvir alguma coisa de você sobre isso tudo... Quero poder confiar...

Esse lance com o Daniel só tá rolando porque você apareceu na minha vida e tem sido minha amiga e confidente todos os dias. Aliás, até as minhas duas melhores amigas me dizem que você me deu asas. Acho que o meu medo é perder essas asas, perder você. Preciso conseguir vencer o medo. E aceitar te ver ao vivo e em (muitas) cores.

Um beijo, mãe.

18 ABR-SÁB-12:55

Ana Lúcia

Marina, minha filha, eu te entendo, como te entendo. Não pense que fui ingênua ao seguir meu coração, sabia que você cresceria, sabia que guardaria em ti o sentimento de abandono. Eu, em teu lugar, tenho certeza que teria os mesmos sentimentos. Afinal, como confiar em alguém que acreditamos ter nos deixado para trás? Todavia, o álbum de fotos, a minha presença (mesmo às escondidas) em momentos importantes de tua vida, as tantas cartas que escrevi e que não te enviei (você sabe o porquê), creio que são testemunhos concretos de que você nunca saiu da minha vida. O afastamento foi necessário, meu silêncio por tantos anos também. Senão, é provável que hoje não estivéssemos conversando, e que eu tivesse, de fato, perdido você de vista. Sei que há um tanto de dor nessa nossa descoberta uma da outra, estamos nos conhecendo, estamos sofrendo, nos alegrando, nos descobrindo, nos reconhecendo, e tudo tem que ser devagar, com calma.

Toda descoberta exige avanços e renúncias, exige que nos desacomodemos, que olhemos para além do espelho. Gosto da imagem do espelho, me lembra um pouco o livro que mais amei (e ainda amo) ler na infância e na adolescência: *Alice através do espelho e o que ela viu lá*. Em nossa vida, ficamos sempre diante do espelho, e ele só reflete a nossa face, nada além da nossa face. Daí que, para podermos nos encontrar com o outro, é necessário mergulhar no espelho, como fez a Alice lá no livro. É necessário penetrar em outro mundo, ver o que se esconde para além do espelho, aí sim podemos entender o outro pelo olhar do outro, e não apenas e meramente pelo nosso olhar. Eu, por exemplo, sofri muito com a decisão de teu pai, mas a entendo. Não a perdoo, mas a entendo. Sofri com o alcoolismo de meu pai, muito, mas sei que ele não tinha culpa, hoje sei, quando adolescente não sabia, me faltava maturidade e me sobravam revolta, dor, sofrimento. Revolta que acabei canalizando para as lutas juvenis, feministas, universitárias. Não me considero uma mulher guerreira, queria ser mais, queria ter contribuído mais para a transformação da sociedade. Sonhei em viajar pelo mundo lutando a favor de uma causa, tipo aqueles ecologistas do Greenpeace. Mas me apaixonei, casei, virei mãe e fui sendo rebelde no pouco, no pequeno (o que é importante também, né?).

Mamãe ri de mim, diz que eu nunca me acomodei (acho que puxei a ela). "As mulheres de nossa família são inquietas, herança da Mercedes", mamãe costuma dizer. Você, pelo visto, não fugiu à tal sentença. Ou seja, não é só o sangue que nos une. Quando eu tinha 15 anos, eu e uma amiga muito próxima, a Tanara (por onde será que ela anda?), mais o Dólar (esse era o apelido de um garoto do tipo revoltado. Chamavam ele assim por deboche, já que sempre se revoltava contra tudo que vinha do Tio Sam), lideramos um movimento pela não demissão da professora Vera. Ela dava aula de Literatura, era linda, cabelos negros, ondulados, olhos enormes, muito magra. A escola tentou demiti-la porque não aprovava as leituras que ela indicava pra gente. Marina, tudo livro bom, tudo livro que a gente amava. Quando a gente soube da demissão, fez o maior alvoroço. Levamos até megafone pra frente da escola, nós e muitos pais (tua avó, claro, estava lá). A gente decidiu ir com os livros na mão, revolveu ler trechos em voz alta. E fomos vestidos como personagens literários famosos. Eu fui de Ana Terra. Mas o mais divertido e que mais alvoroço causou foi a fantasia do Dólar. Ele foi de Pocahontas. Nossa, um escândalo! Aí, parece que a direção esqueceu a demissão da professora Vera. Disse que tudo não passara de um mal-entendido. Ah, devo ter uma foto minha e do Dólar fantasiados. Um dia te mostro. Nessa época, o Daniel Silva já havia saído do colégio. Tinha se mudado aqui pra São Paulo. Às vezes, quando ando pelas ruas, fico achando que a gente ainda vai se encontrar. Mas acho que escrevi demais. O Mateus está contando os minutos pra te ver. Beijos.

20 ABR-SEG-12:37

Marina

Desculpa a demora em responder, mas precisei de um tempo. Fui ficar com o Mateus, conversamos sobre as coisas de que ele gosta, e eu não posso arriscar perguntar nada que o chateie, porque ele é criança e ainda por cima está doente. Precisei respirar muito fundo depois de ler sua última mensagem. Chorei ontem à noite. Hoje eu me arrastei pra fora de casa por insistência do Dani, acabei vindo pro clube com ele. Ele está na água dando umas braçadas e eu aqui de cara no celular, sem saber como explicar o que sinto. Você admite que não foi ingênua e assumiu o risco de seguir seu coração. Isso me custou a minha vida, mãe. Eu juro que eu tento entender tudo, mergulhar no espelho e revelar as outras verdades. Mas é difícil quando a gente sabe que sofreu, que perdeu muito com isso tudo. Por outro lado, é o que falei, não dá para eu continuar distante de você, não depois do que fiquei sabendo... inclusive com as mudanças aqui de casa e como passei a encarar o meu pai (não um super-herói, mas um homem). Quando você me diz que o álbum de fotos, a sua presença na minha formatura mesmo à distância e outras coisas assim são provas de amor, eu fico muito na dúvida. Verdade que eu me emocionei com o álbum de fotografias, com as coisas escritas nele, com a lembrança da minha boneca, com a escolha do meu nome, mas eu queria ter você perto de mim como o Mateus tem, como foi a vida inteira dele. Por favor, não entenda como ciúme porque é justamente o contrário. Lá no começo, quando você me procurou, eu cedi ao saber que ele existia e nós dois merecíamos nos conhecer como irmãos. Achei que seria injusto tratar meu irmão com abandono, minha avó com desprezo. Eu quis dar para eles o que eu não tive. Em seguida, o Mateus ficou doente e eu esqueci de mim mesma só para tentar ficar perto. Eu tenho medo de que ele morra. Agora acho que não tenho mais, mas eu tive muito medo de que isso acontecesse. Você me entende? As cartas que você disse ter escrito para mim nunca vieram. Mãe, basta olhar como você cuida do Mateus para perceber como sua vida ficou diferente. Compara com você, minha mãe: você não lutou para ficar junto de mim. Isso me causa tristeza e eu sei que preciso seguir em frente. Sabe esse livro, *Alice através do espelho*, tem o primeiro, né, o *Alice no País das Maravilhas*, que eu adoro, embora eu não entenda muito bem (acho que é o tipo de livro com segredos). Pensei agora na Rainha de Copas. Ela faz sempre o que tem vontade mesmo que os outros percam a cabeça. Eu não quero perder a cabeça nem quero culpar você. Preciso superar de uma vez.

Eu quero olhar nos seus olhos e saber como você é. Apesar de tudo. Acho que eu mereço. Acho que você merece. Acho que meu pai merece, também, de certa forma. Não sei como vai ser, mãe, espero que você tenha paciência comigo, mas eu estou pronta para te encontrar.

Vou cair na piscina, aproveitar o feriado...

`21 ABR-TER-12:37`
Ana Lúcia
Poxa, filha. Estava relendo nossas tantas conversas (a gente fala muito) e percebi que faz pouco mais de dois meses que retomamos o contato. Você me respondeu e fomos falando e nos aproximando e muita, mas muita coisa aconteceu mesmo. Nossa. Agora, fique certa: a melhor delas é perceber você por perto de mim novamente. Te amo, Marina.

`22 ABR-QUA-00:17`
Ana Lúcia
Te assustei com minhas últimas palavras, filha?

`23 ABR-QUI-10:21`
Marina
Me emocionou. Fiquei pensando se estou preparada pra esse amor. Por isso demorei a responder.

`23 ABR-QUI-13:02`
Ana Lúcia
Filha, é tão bom te ler, te sentir madura, emocionada, mesmo sendo uma adolescente de apenas 15 anos. Creio que neste pouco tempo em que trocamos ideias tanto e tanto e tanto aconteceu. Um pouco de dor, outro pouco de alegrias compartilhadas. Me sinto como sempre quis me sentir: próxima de você, mãe de você, pessoa na qual você confia, apesar das agruras desses tantos anos de silêncio. Ah, filha, que bom que você cedeu à minha insistência, que bom que engoli meus medos e fiz movimento para ir ao teu encontro. Sei que balancei tua vida, tuas certezas, mas estou feliz, bem feliz. Agora sim posso dizer que aquele sonho de adolescente de ter filhos e ser próxima deles se tornou realidade. Te amo, minha Marina de mar, minha filha querida. Só falta mesmo é poder te abraçar bem apertado, te

beijar muito, muito e muito. Mas ainda há o receio. Acredita que, no dia em que você me disse que ia ao clube, eu peguei bolsa, chave do carro e só na porta parei? Não tenho o direito, pensei, de assustar a minha filha, de me precipitar. Adivinha o que eu ia fazer? Ia ao teu encontro. Ia te esperar na saída do clube. Acredita? Aí só te escrevi aquela mensagem que você demorou a responder.

Ah, filha, uma boa notícia: Edgar disse que o Mateus reagiu bem à radioterapia. Haverá exames periódicos, como é o comum, mas eu estou em festa. Beijos. Todos e mais alguns. Tua mãe.

23 ABR-QUI-19:11
Marina

Mãe, não cabe em mim a felicidade de saber que meu irmão está se curando. Parece que eu vou ter um treco, sabe? Que eu vou subir pro céu feito pipa. Quanta coisa tem na vida, né? Sabe, mãe, nossas conversas mudaram muita coisa dentro de mim. No começo foi difícil segurar a onda, confesso. Eu tinha uma ideia diferente de você, eu tinha raiva também. Mas eu tinha, não tenho mais. Aprendi a olhar de novo a minha história pelos seus olhos. Sem contar, mãe, que eu pude voltar para o colo da minha avó e pude dar colo para o Mateus... e ele pra mim. Tudo isso mudou muita coisa. Aqui em casa muita coisa também mudou. Hoje eu vejo que o meu pai é um homem que sente raiva, medo, tristeza, como outra pessoa qualquer, e que ele pode ter me fechado numa única versão de tudo o que aconteceu entre nós: eu, você e ele. Mãe, não sei se estou pronta para começar uma vida ao seu lado, não sei nem se vou saber ser boa filha. E se, em algum momento, eu tiver uma crise de choro, de ciúme, de chatice? Eu espero mesmo que você tenha esse amor todo de mãe porque eu me decidi e agora é com você. Olha pela janela da sala, sim, aqui na pracinha. Eu sei que você está aí em casa com a janela aberta fazendo voar a cortina. Estou aqui no banco da pracinha olhando para sua janela, esperando seu abraço nesta noite de estrelas. Vem?

`23 ABR-QUI-19:13`
Ana Lúcia
Tô indo, filha.

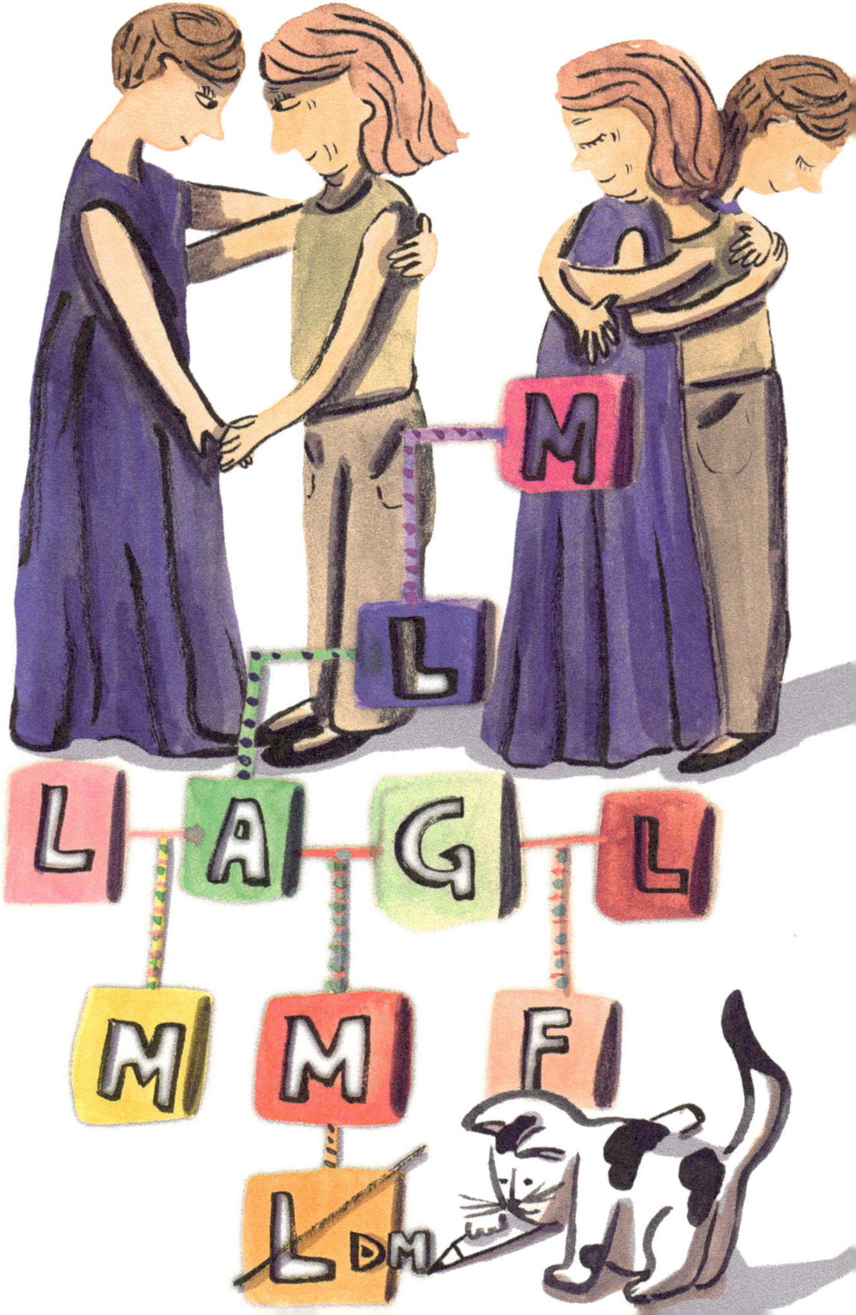
M
L
L
A
G
L
M
M
F
L
DM

Luís Ventura

Caio Riter

Há muitas coisas para se querer bem, pessoas também, e são elas que vão construindo quem a gente é. Eu sou Caio Riter. Sou professor e escritor, doutor em Literatura Brasileira, e vivo em Porto Alegre, no Rio Grande do Sul. Aqui, desde cedo, passei a querer bem as palavras, sobretudo aquelas que estão nos livros. E este querer bem fez com que eu desejasse também inventar histórias bacanas, parecidas com aquelas que eu gosto de ler. Hoje, tenho mais de 60 livros publicados – livros para a infância, para a adolescência e para gente adulta também.

E, um dia, meio ao acaso, a amiga Penélope me fez esta pergunta: "Vamos escrever um livro juntos?". Eu adoro convite que envolva palavras. Então, aceitei. Passei, assim, a participar de uma das maiores aventuras de escrita já experimentadas: escrever a quatro mãos, cada um de nós dando vida a uma das personagens, que foi se construindo a partir das ações e reações da outra. Foi um desafio e tanto, desafio bacana, sedutor, que envolveu alegrias, vibração e um tanto da emoção necessária a uma boa história.

Tomara que você, leitor, se divirta e se emocione tanto quanto eu e a minha parceira de palavra ao dar vida a essas personagens a quem queremos tão bem.

Penélope Martins

Fernando Fernandes

Olá, eu sou Penélope Martins, escritora e narradora de histórias, também advogada. Escrevi esse livro a quatro mãos, com meu querido amigo Caio Riter, um dos maiores escritores que conheço. Assim como Marina, adoro gatos e livros. Eu tive uma medalhinha com a inscrição *"Agnus Dei"*, presente da minha avó, e até hoje sinto saudade desse objeto que se perdeu.

Durante o processo de escrita de *Ainda assim te quero bem*, eu me emocionei muito com a relação afetiva recuperada por essas duas mulheres, mãe e filha, e com as memórias que as duas foram compondo juntas. Escrevemos, eu e Caio, de um jeito muito conectado com o real, usando a rede social como acontecia na ficção. Isso dinamizou o processo e fez com que vestíssemos as personagens, incorporando suas reações nesse tipo de tempo urgente próprio da caixa de mensagem. Eu já escrevi muitos livros, inclusive outro romance juvenil, *Minha vida não é cor-de-rosa*, que também fala sobre a condição humana, mas *Ainda assim te quero bem* tem um jeito especial para falar das relações humanas, talvez porque ele seja fruto de um diálogo entre duas escritas.

Espero que a sua leitura seja tão profunda e bonita quanto foi para mim a escrita deste livro.

Talita Nozomi

Arquivo pessoal

Eu me considero uma artista viajante de identidade multicultural, e, de fato, estudei ilustração no Brasil, em Portugal, na Espanha, na Itália e na Tailândia. Cursei também mestrado em Desenho e Técnicas de Impressão na Universidade do Porto (2017). Já ilustrei e escrevi mais de dez livros para crianças.

Alguns dos meus livros foram selecionados para o Programa Livros na Escola, em 2012, para o Itaú Criança, em 2013, e para o catálogo Bolonha FNLIJ, em 2014. E não parou por aí. Em 2018, meu livro *Vovó veio do Japão* ganhou o Selo Seleção da Cátedra Unesco de Leitura – PUC-Rio.

Quando eu faço ilustrações, seja para livros, seja para outros meios, tento sempre usar várias técnicas para alimentar minha criatividade. Só assim posso criar lugares mágicos dentro de cada leitor.

Para este livro, estabeleci uma relação clara entre o texto verbal e as ilustrações. Se você olhar de perto, vai perceber que, em cada imagem, há elementos que conversam com as palavras de Marina e Ana Lúcia, expandindo a história além do que as palavras podem revelar.

Este livro foi composto com a família tipográfica
Adobe Caslon e Impact para a Editora do Brasil em 2021.